KB104891

nothing before

사랑과 상실에 관한
포토 에피그램

처음부터
—
없었던
것처럼
nothing before

헤르츠티어 찍고 쓰다

싱긋

어릴 때, 함께 놀던 개가 죽었다. 개를 안고 고추밭으로 갔다. 그 한구석에 어머니 몰래 죽은 개를 묻었다. 개의 살과 뼈가 땅속에 뿌리를 내려 새로운 것으로 다시 돌아오기를 바랐다. 그것이 고추든 토마토든 나는 한눈에 알아볼 수 있을 것 같았다.

그로부터 몇십 년을 살아오는 동안 많은 인연들을 만나고 떠나보냈다. 어른이 되면 잘할 수 있을 줄 알았던 일들. 그러나 마음은 자주 길을 잃었고, 어느 날 밤 기습하는 막막함에 대해서도 여전히 나는 속수무책이다.

이해하고 바라보고 싶었다.

슬픔의 다섯 가지 극복 단계(부정, 분노, 타협, 우울, 수

용)를 본문 구성으로 취했다. 그러나 전체적인 흐름이 그럴 뿐 도식적으로 분류하지는 않았다. 차례 번호로 붙은 F1.4, F2.0, F3.5……에서 F는 렌즈의 조리개값을 의미한다. 가령 F1.4의 눈은 초점이 닿은 대상에만 집중하며 그 너머는 보지 못한다. 조리개값이 커질수록 '나'(카메라)의 초점 범위는 넓어지며 주변을 살피고 관계의 맥락 속에서 자신의 현재를 확인하게 된다.

나는 우리 사회가 더 많이 사랑하고 상실의 슬픔을 인정하고 장려하는 분위기가 되길 바란다. 사랑뿐 아니라 그 슬픔 역시 누구에게도 해롭지 않다고 믿기 때문이다.

F 3.5
다가가 이름을 부르자 그 별은 금세 졌지

처음부터 없었던 것처럼 ┃ 너는 네가 오고 싶을 때 온다 ┃ 저 위에 별 하나 박겠다 했지 ┃ 숫눈에 새긴 기억 ┃ 모두 길이었다 ┃ 물 위의 만종 ┃ 일방통행로 ┃ 투명한 울음 ┃ 너도 세입자 나도 세입자 ┃ 가면 생각 ┃ 스완네 집 쪽으로 ┃ 생채기

F 4.5
어젯밤 그 자리엔 아무도 없었지만

한 걸음이 물음이었고 ┃ 그 밤을 나는 잊지 못하지 ┃ 그늘의 저편 ┃ 악몽 ┃ 명치끝이 아프다 ┃ 힘이 솟는다 ┃ 감금된 생 ┃ 친구 ┃ 가위 ┃ 너의 이름은 ┃ 너는 공중을 잃었다 ┃ 당신의 무늬

절벽에 매달린
나의 밤으로

|

영점의 상태가 된 그는 기꺼이 곡선이 되기로 한다.
자신의 슬픔을 애써 물리치려 하지 않고.
극복하려는 시도도 하지 않는다.
다만 슬퍼할 뿐이다.

바라보니 함께 눕고 싶었다.

너보다 튼튼하여 서 있는 게 아니라고,

온몸으로 말해줄 수 있을 것 같았다.

수
도
꼭
지

그 수도꼭지 꽁꽁 겨울잠을 자고 있었다.

잠결에라도 물 한 방울 찔끔할 것 같지 않았다.

블랙박스

어둡고 습한 데에 설치된 블랙박스였다.

둘 다 당황했기에 누가 누구에게 들킨 건지 알 수 없었다.

꼼짝하지 않은 채 오래 눈을 맞추었다.

그가 녹화중인 것 같아 나도 슬며시 카메라를 들었다.

별들은

벌써 잠이 들었다

컨테이너 지붕 위 작고 둥근 몸
쏟아지는 달빛 아래 드러누운 고양이.
벨벳 같은 털이 오르락내리락
자그마한 콧구멍으로 숨이 들고 난다.
깊고 곤한 잠.
내가 몇 걸음 다가간다고 끝나지 않을
그의 튼튼한 잠.
가까이에서 보고 싶었다.

발을 옮기다 비닐봉지를 밟았다.
소리가 나자 몸을 뒤척인다.
하품을 하고 기지개를 켠다.
그러곤 도로 머리를 떨어뜨린다.
내가 지켜보고 있음에도
아직 깨고 싶진 않은 것이다.
고양이보다 내가 적이 안심이 된다.

잠은 존재의 안전한 비눗방울 속 같은 것.
잠들었을 때 위해危害를 가하지 않는 건
생명들이 준수해야 할 본능적인 약속.
잠들었다면 기다려야 하고
깨지 않으면 자리를 떠나야 한다.

F 1.4 2.0 3.5 4.5 5.6 6.8 7/8.0

아늑한 잠을 보고 있자니 졸음이 몰려왔다.
이만 불면의 산책을 끝내고
초라한 나의 침실로 꽃잠 자러 가고 싶었다.
외진 골목에 오가는 사람은 없고
지붕 위 고양이의 꿈은 새벽처럼 푸르다.
그사이 별들은 벌써 잠이 들었다.

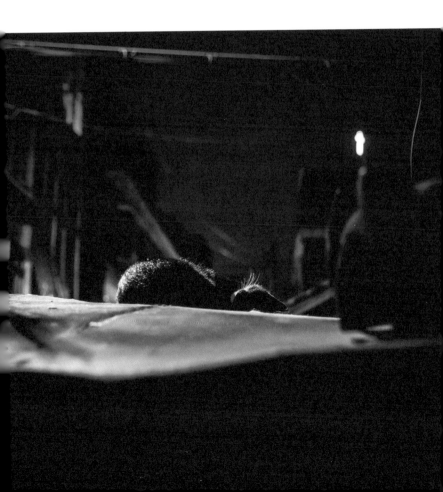

절벽에 매달린 나의 밤으로

이름 없는 애인의 그림자

소환하고 싶었다.

프리허그

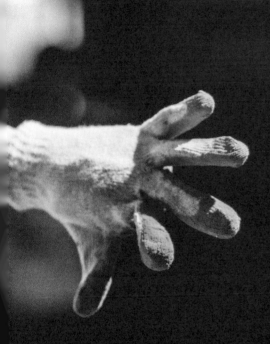

나

오래 기다렸지요

그사이 바람에 베이고

비에 녹슬어

두 팔

굳어버렸지요

굳어

고철이 됐지요

하지만 품은 아직 있지요

가진 것

그것밖에 없지요

아무도 오지 않는다

사람들이 하나둘 자취를 감추고
마지막으로 떠난 것은 집이었다.
집이 집을 벗어나는 순간
마루 밑의 그에게 억겁의 기다림이 시작되었다.
그러나 아서라,
아무도 오지 않는다.

나무 뒤에 숨어서

언제든 숨고 싶으면 다시 오라 했다.
부끄럽고 아프고 괴로운 것
죄다 감춰주겠다고 했다.

나무 뒤에 숨어서
나무처럼 가지를 펴 보였다.

나 여기 없소, 하고.

밥은 먹고 다니니

밥은 먹고 다니냐고

어머니가 전화로 물었다.

그 말을 듣자 갑자기 허기가 몰려왔다.

늘 들르는 식당으로 발길을 재촉했다.

습관적으로 1인석에 앉았다.

식당 주인은 너른 2인석으로 안내했다.

늘 먹던 음식을 똑같이 주문했다.

김치찌개를 내려놓으며 그가 말하길

밥이 모자라면 얼마든지 얘기하라고 했다.

롤랑 바르트의 『애도 일기』는 사라진 상상계에 바치는 조사弔辭다. 여기서 '사라진 상상계'란 그가 『사랑의 단상』에서 언급한 "사랑"의 별칭. 나는 아침 출근길에 이 책을 펼쳤고, 종일토록 가슴속 고드름에서 물방울이 떨어지는 듯 눅진한 슬픔을 경험했다.

그가 애도하는 대상은 앙리에트 벵제. 1977년 10월 25일 사망한 그의 어머니다. 그는 어머니가 죽은 다음날부터 2년 동안 『애도 일기』를 썼다. 형식은 짧은 메모였다. 매 페이지마다 슬픔으로 직조된 단문이 어슬렁어슬렁 저녁길을 걷는다. 사랑을 잃고 힘이 빠진 남자의 문장은 격렬했다가 차분해졌다가 기억의 부추김에 떠밀려 다시 용솟음치기를 반복한다. 영점의 상태가 된 그는 기꺼이 곡선이 되기로 한다. 자신의 슬픔을 애써 물리치려 하지 않고, 극복하려는 시도도 하지 않는다. 가령 그는 사랑을 잃은 자의 슬픔은 이런 것이다, 라고 여유를 부리지 않는다. 다만 슬퍼할 뿐이다.

그는 "애도"를 이렇게 정의한다. 애도: 꼼짝도 할 수 없는 상태, 그 어떤 방어수단도 없는 상황. "살아가는 의미가 도착하기만을" 기다리는 어느 상주喪主의 고백, 『애도 일기』.

얼음: 예쁘고 차가운 꿈

하도 영롱하여 오래 바라보았다.

이 구석에서 예쁜 꿈을 꾸고 있었구나.

기특하여 손으로 쓰다듬어주었다.

예쁘지만 차가운 꿈이구나.

너 혼자 꾸어야 할 꿈이겠구나.

섣불리 닿은 체온이 그의 꿈을 깨울까

얼른 손을 뗐다.

눈을 뗄 수 없었지

살다보면 그럴 때가 있지.
자기도 모르게 누군가를
빤히 보게 되는 강렬한 끌림.
내가 조금만 다가가면
네가 조금만 다가오면
금방 알아볼 수 있을 것 같은,
그런 예감 가득한 인연.
그걸 뭐라고 부를까.
말 한번 붙여보고 싶고
우리 어디서 만난 적 있지 않느냐고
물어보고도 싶지만, 그뿐인 것.
그러다 헤어질 쯤엔
마음이 급해지기도 하는 것.
끝끝내 그렇게 잊히고 마는 그런 스침.
시간이 흘러 훗날
그건 사랑이 아니었다고 말할 수 있을까.

이것은

시간의 주검이다

7시를 세상에 고하고 13분쯤 뒤

시계는 마침내 임종했다.

그 스스로 관이 되어

잃어버린 시간 속에 유폐되었다.

아, 다시 깨어나지 않을 7시 13분!

나를 부끄럽게 할 셈인가요

꽃을 받았어요

잘못 배달됐어요.

이게 왜 나한테 온 거죠.

나는 꽃과 전혀 어울리지 않는다고요.

누가 좀 가져가줘요.

나는 밤에는 힘을 통 못 써요.

저 가벼운 꽃 하나 털어낼 수 없다고요.

대체 누가 나한테 꽃을 건넨단 말이에요.

잘못됐어요.

나를 부끄럽게 할 셈인가요.

화를 내겠어요.

소리를 지르겠어요.

F2.0

추억은
무례하다

|

그는 무슨 일엔가 굉장히 화가 나 있다.
그는 순백의 추위로부터 벗어나고 싶다.
참다못해 눈을 죽여야겠다고 결심한 그는 충동적이다.

간밤에 비가 왔고
죽은 지 삼십 년 된 아버지가
나의 황무지에 다녀갔다.
나는 당신의 발자국이라도
오래 간직하고 싶었는데,
날이 밝자 발자국은
스스로 일어나
어디론가 가버리고 없었다.

이름도 법명도 몰라 그냥 꿀 할미였다. 홍성 절에서 왔다는 그 할미에게선 늘 진한 꿀냄새가 났다. 아버지 돌아가신 이듬해부터 우리집을 자주 찾았다. 어머니는 할미를 스님이라고 부르며 바랑에 쌀을 퍼담았다. 나는 세상에 여스님이 있는 줄 몰랐고 잿빛 털모자 속 알머리를 상상할 수 없었다. 쌀 팔러(사러) 아랫말에 다녀온 지 얼마나 됐다고 그새 우리집 쌀독을 탐내러 왔나. 어머니가 꿀 할미에게 속고 있다고 생각했다.

어느 날 아버지 극락왕생 빌어주러 어머닐 따라 홍성 절에 갔다. 그때 홍성은 산 너머 어디쯤이 아니었다. 버스를 너덧 번, 기차도 한 번 타고 해 이울 쯤에야 겨우 닿는 땅이었다. 난생처음 먼길에 나는 신이 났다 화가 났다 슬퍼졌다 다시 평온해졌다. 돌아보면 그것이 내 생의 첫 서역西域 방랑 아니었을까. 무서운 관문을 지나 경내에 들어서자 꿀 할미가 나와 있었다.

그날 밤 커다란 방에서 혼자 부처와 동숙했다. 〈전설의 고향〉에서도 절방에만은 귀신이 못 들어왔으니 두려울 게 없었다. 부처가 사는 방에선 꿀 할미 냄새가 많이 났다. 문을 빼꼼 여니 안개가 가부좌 튼 새벽이었다. 곧이어 스님이 들어왔다. 어머니가 들어왔다. 절을 시작했다. 꿀 할미에게서 났던 그것이 향냄새라는 걸 그제야 알았다.

몸보다 마음이
먼저 예감했던

산에 올라가 나무를 한 짐 해서 내려온 소년의 기억이 내 또래의 그것 같지 않다는 걸 나도 알고 있다. 풀숲에 바스락거리는 토끼와 눈을 마주치고 산 아래 혼자 사는 할머니 집 마당에 땔감 선물을 놓고 가뜬하게 돌아서던 때가 있었다. 몸보다 마음이 먼저 예감했던 겨울이었다.

7년 전 삼월 초였다. 살구비누 냄새에 온몸이 근질거려
불쑥 하동에 내려갔다. 봄빛에 마른세수하며 걷는 동안
내 속의 검은 것들 죄다 끄집어내 길에 내버리고 싶었다.
잘 안 되었다. 그사이 평사리 뒷산 치마폭에서 훌쩍 해가
솟았다. 보리밭 초록 들에 피가 돌았다. 물뱀, 물방개, 개
구리, 소금쟁이가 되어 놀고 싶었다. 잘 안 되었다. 신나게
보리들과 뒤엉켜 깔깔깔깔 멍석말이당하고 싶었다. 그마저
잘 안 되었다.

비
행
의 이
유

왜 날아오르냐고요?

그냥 바람 타는 게 좋고요,

한 번쯤 달이 돼보고 싶고요,

이게 가장 나다운 거라서요……

거기가 다락방이었다면 좀더 낭만적이었겠지만, 아이가 아
버지의 습격을 피해 숨어든 곳은 매번 영락없이 골방이었
다. 한 몸 뉘기에도 비좁고 철 지난 옷을 대충대충 쟁여놓
은, 쥐가 천장에 싸질러놓은 오줌 냄새로 퀴퀴한 방이었
다. 술을 자신 아버지의 오토바이 소리가 들리면, 아이는
저녁을 먹다가도 숟가락 젓가락 다 내던지고 마루 밑으로
숨어들었다. 그러고는 아버지가 휘청휘청 안방에 들어가
고 나면 까치발로 협방에 딸린 골방으로 옮겨갔다. 그 두
평 남짓한 방이 오롯이 아이의 피난처였다. 아이는 그 좁
디좁은 방에 웅크린 채 포성처럼 들려오는 아버지의 욕지
거리를 겪으며 바들바들 떨었다. 토벽 너머로 동생의 울음
소리가 들렸다. 일순 이편과 저편이 나뉘었다. 귀를 틀어막
았다. 그러다 잠이 들었다. 이런 날이 계속 이어졌다. 그렇
게도 별쫑났던 유년이었다.

무릎까지 걷어올린 바짓자락에 자꾸만 바닷물이 물결쳤
다. 차가웠다. 하지만 뛰쳐나가고 싶지 않았다. 솜씨 좋은
조무래기들이 스티로폼을 깎아 배를 만들어 왔다. 아이들
이 띄운 배는 꽤 컸다. 그 위에 올라타 손으로 발로 배를
저었다. 맘만 먹는다면 정말 바다 건너까지도 갈 수 있을
것 같았다. 저녁이었다. 아이들 얼굴에 사뿐 붉은빛이 내
려앉았다. 잘 익은 사과 하나가 바닷속으로 퐁당 떨어지려
는 순간이었다. 설핏 졸음이 왔다. 그대로 잠들고 싶었다.

팔매질에 명수였던 나는 산 너머 애들과 마주칠 때마다 돌을 던졌고, 그때마다 용코 없이 한 놈은 코피를 터뜨렸다. 병풍처럼 둘러진 소나무들은 우리 동네 아이들의 벽이었고, 세계의 끝이기도 했다. 경계에 함부로 얼씬거리고 싶지 않을 만큼 무서운 이야기도 산 아래 폐가에서 흘러나왔다. 귀신이 나온다고 했고, 실제로 그 집 마당에 서면 등줄기를 타고 올라오는 섬뜩한 느낌에 진저리치며 도망쳐 나오기도 여러 번이었다. 나중에 알게 되었다. 거기엔 귀신도 도깨비도 없었다. 산 너머 애들과 어울리지 말라고 우리 동네에서 제일 쌈 잘하는 형이 지어낸 얘기였다.

개들의 묘지

어릴 때에는 개들이 자주 죽었습니다. 애최 목숨이 질기지 못한 것들, 맞아서 죽고 치여서 죽고 얼어서 죽었습니다. 사람의 뱃속으로 들어가지 않은 것들, 모두 내가 거두어 뒤꼍 자작나무 아래 묻어주었습니다. 밤중에 그 나무 옆을 지날 때면 개 짖는 소리 왕왕 들리곤 하였습니다.

고수의 칼맛

처음으로 자신의 꼬리를 봤다.

토막 난 생이 아찔하나 슬퍼할 틈조차 없다.

차가운 은빛이 한 번 더 머릿속을 가른다.

하늘에서 돌이 떨어진다, 우르르르.

기억이 흐트러지고 눈앞이 까매진다.

고수의 칼맛을 그제야 알아챈다.

추억이 털레털레 걸어오는 길을 바라보았다. 수년 전 출판 단지 그 어드메에서 얼핏 스쳤던 한 남자를 퇴근길에 다시 마주친 것이다. 그는 신열에 들떠 보였고, 대꾼한 두 눈은 여전히 안쓰러웠다.

이럴 수가. 그는 아직도 이곳을 떠나지 않고 있었구나.

다시 만나게 돼 반갑다고 손이라도 건네고 싶었지만, 심정일 뿐, 나는 행여 누가 볼세라 내민 손을 재빨리 거두어들였을 것이 분명하다.

추억은 무례하다.

한 사람의 노동과 피로가 내게 외선 한낱 추억이 돼버리다니. 나 역시 또 누구의 그런 추억이 되었을 것을 생각하면, 괘씸하다.

눈을 살해하다

술 몇 잔에 나우 취한 그가 발목까지 푹푹 빠지는 눈 쌓인 길을 걸어 집으로 간다. 구두 위에 덕지덕지 붙은 설니가 잘 떨어지지 않는다. 눈이 빨리 녹아서 죽어버렸으면 좋겠다고 중얼거린다. 그러나 영하 십 도 이하로 떨어진 심야의 기온은 눈의 죽음을 쉽게 허락하지 않는다. 계절의 점령군이 죄다 눈 속에 들어가 집을 꾸렸기 때문이다. 힘겹게 걸음을 옮길 때마다 가로등 불빛에 겨울의 눈알들이 드러난다. 조롱하듯 반짝반짝 빛난다. 하늘이 세상을 만들 적에 하얗고 차가운 것 속에 온기를 숨겨놓았다고? 왜 차라리 얼음 속에 용광로를 심어두었다 하시지. 그는 무슨 일엔가 굉장히 화가 나 있다. 그는 순백의 추위로부터 벗어나고 싶다. 참다못해 눈을 죽여야겠다고 결심한 그는 충동적이다. 눈을 쏘아보는 눈빛이 매섭고 시리다. 눈보다 더 차가운 자신의 가슴으로 눈을 얼려 죽이겠다며 그가 웃통을 벗는다. 가소롭단 듯 찬바람이 깔깔 웃음을 터뜨리자 살갗에 오스스 소름이 돋는다.

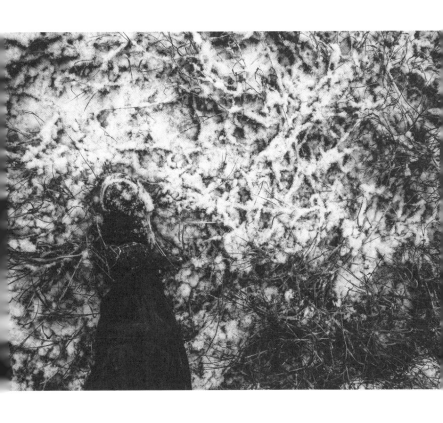

며칠 전부터 다이내믹한 꿈을 꾸고 있다. 나흘 전에는 세상에 혼자 남은 여자가 되어 유럽 대륙으로, 아메리카 대륙으로 수컷을 찾으러 다니더니, 사흘 전 밤에는 과자를 먹다가 체해 죽어버린 노인이 되어 동네 마트를 기습했다. 그리고 바로 어젯밤에 또 이상한 꿈을 꾸었는데, 내가 몸담고 있는 현실의 도덕 가치들과 정반대의 것들이 숭앙받는 세상에 다녀온 것이다.

그곳에서 진실은 천박한 것이었다.

차분하고 성실하고 정직하고 예의 바른, 이라는 형용사는 차마 입에 담지 못할 욕설로 전락했고, 오히려 조급하고 게으르고 비겁하고 무례한 사람들이 모범시민으로 표창을 받았다. 마침 TV에서 어떤 재판을 생중계하고 있었는데, 피고가 판사석에 앉아서 원고를 내려다보고 있었다. 그 세상의 아이들 절반이 죽은 사고였다. 사건의 진상을 밝히자는 일부 시민들의 주장은 체제 전복을 꿈꾸는 쿠데타나 다름없는 것으로 간주되어 형사처분을 받았다. 가장 모범적으로 화가 난 대통령은 의견 발의자들을 당장 사형장으로 보내라고 목에 핏대를 세웠다.

그 세상의 이상한 풍경은 식당에서도 이어졌다.

식당은 무덤 속 도서관 같았다. 냉기가 돌았고 정말 조용했다. 어른들은 제 몫으로 할당된 밥을 옆 사람에게 뺏길까봐 눈치를 보다가 숟가락이 입가로 올 때만 순간적으로 입을 벌렸다 닫았다. 그 옆에 앉은 아이들은 피부 자체가 돌

이었다. 어른이 되기 위해선 아직 더 물러져야 한다고, 저
희들끼리 서로 부딪쳐 상대를 한 백 명쯤 자갈로, 모래로
만들어버려야 한다는 걸, 나는 누가 말해주지 않았는데도
알아버렸다. 내가 예민해서가 아니었다. 아이들의 돌멩이
눈에 고인 슬픔을 보았다면 누구라도 눈치챘을 거였다.

잠에서 깨자마자 기가 막힌 세상을 엿본 얘기를 바탕으로
글을 써보리라 생각했다. 세수를 하고 양치질을 하고 헤어
드라이어로 머리를 말리는 내내 그 세상을 까먹지 않으려
고 노력했다. 그런데 회사에 출근하고 나서야 그게 다 헛
수고라는 걸 알고 기억의 동아줄을 놓아버렸다.

내가 발 딛고 있는 세상이 바로 꿈속 거기였으니까.

F3.5

다가가 이름을 부르자
그 별은 금세 졌지

|

앞과 뒤가 헷갈리고
어제와 내일이 흐릿해진다.
너에게 가는 중이었는지
너를 보내고 오는 길이었는지.

장대비 퍼붓던 어느 여름날 아침, 학교 가다 말고 나는 횡재했어. 저수지 머리에 붕어랑 가물치랑 우글우글 몰려 있는 걸 봤거든. 수초에 갇혀 아주 물고기 밭이었어. 눈이 휘둥그레질 수밖에. 두근두근 가슴이 뛰었어. 무릎까지 바지를 걷어올렸지. 버려진 쌀부대 주워다 신나게 그것들을 주워 담았고.

하루종일 쌀부대 속 물고기 생각이 났어. 누가 가져가면 어쩌나, 부대 끈이 풀리면 어쩌나. 속이 타들어가는 것 같았어. 마지막 시간 선생님의 잔소리 같은 풍금 연주는 끝날 줄을 몰랐어. 학교 끝났을 쯤엔 비가 멎어 있었어. 학교 앞에서 뽑기 하고 가자는 애들을 물리치고 막 달렸지. 너무도 보고 싶었어. 무협만화 주인공의 축지법이라도 빌려오고 싶었다니까.

그런데 삼십 분 만에 도착한 거기엔, 붕어랑 가물치들은 없었어. 다시 저수지로 내려가봤지만 헛수고였어. 처음부터 없었던 것처럼 깨끗하게 없었어.

오늘처럼 비 오는 날이면 늘 그때 일이 떠올라. 당신은 어쩜 그때 놓친 물고기일지 몰라.

너는
네가 오고 싶을 때 온다

저 위에서
혹은 저 아래에서,
운명의 바깥에서
시간을 거슬러.

너는 네가 오고 싶을 때 온다.

저
위에

별
하
나
박
겠
다
했
지

저 위에

별 하나 박겠다 했지.

시월이었지.

바닷가였지.

심지에 불을 붙였지.

불꽃은 꼬리 잘린 도마뱀처럼 솟구쳤지.

비명도 환호도 없이

석류알 몇 개 허공에 터져버렸지.

문득 잡힌 손이 타들어갔지.

거뭇한 눈동자에 별 하나 떴지.

다가가 이름을 부르자

그 별은 금세 졌지.

오렌지빛으로 부서진 가로등.

저녁을 헤쳐 사박사박 눈 밟는 소리.

소년은 골목길을 덮은 새하얀 눈에 대고

너를 사랑해, 라고 썼다.

누구를 사랑하고 있단 고백을

숫눈에 새기고 있었다.

모두 길이었다

모두 길이었다.

너를 처음 본 곳도
마지막으로 배웅한 곳도.

긴 세월을 흐른 투본강이
질리도록 보아온 풍경이리라.
사랑이라 칭하는 것마저 낯간지럽다.
사랑에 육체가 있다면
나는 그것을 본 것이었다.

일방통행로

어느 날 나는

일방통행로에서 길을 잃는다.

잠깐 하늘을 올려다봤을 뿐인데

순간 방향치가 돼버렸다.

입구도 출구도 하나뿐인 길.

앞과 뒤가 헷갈리고

어제와 내일이 흐릿해진다.

너에게 가는 중이었는지

너를 보내고 오는 길이었는지

기억나지 않고

길은 아무것도 말해주지 않는다.

그는 울지 못하는 병에 걸렸다.

어느 날 밤 슬픔이 그를 휘감았다.

제대로 한번 울어보고 싶었다.

마트에서 양파를 사 왔다.

바닥에 신문지를 깔았다.

앉아서 껍질을 깠다.

양파 하나를 반쯤 깠을 때

슬며시 눈에 문질러보았다.

그렇게 몇 번 갖다 대자

뭔가가 꿈틀거리는 게 느껴졌다.

그날 밤 오랫동안 숨어 있던

그의 눈물길이 드러났다.

눈물은 울음의 마중물이었다.

몇 번의 시도 끝에 흐느낌을 불러내는 데

성공하자 걷잡을 수 없었다.

울었다는 기쁨에 겨워 그는 더욱 세게 울었다.

너도 세입자
나도 세입자

아침에 출근 준비 하다 보니 창밖 에어컨 실외기 쪽에 비둘기 두 마리가 앉아 있었다. 봄이 오려나. 집 보러 온 거란 걸 한눈에 알아봤다. 꼼꼼하게 이곳저곳 살피는 품이 이사깨나 해본 듯. 어차피 나도 세입자 너도 세입자. 야박하게 굴지 않을 생각이다.

가면을 보면 닮고 싶어진다.

저것이 나라면, 나라고 불릴 수 있다면

쉽게 들키는 이 얼굴 잠시 내려놓고

사자가 되어 호랑이가 되어

악귀 쫓는 무서운 얼굴이 되어

끝내 처용이 되어

속이 있는 듯 없는 듯

알다가도 모르게

제법 또 그럴싸하게

장광설로 사람들 혼을 쏙 빼놓고

불사의 약을 팔아 노잣돈 채워

달나라로 달아나서

아주 돌아오지 않으리라.

스완네 집 쪽으로

어느 날 저녁 멀리서 천둥소리가 들려왔다.

종일 되뇐 어떤 기도가 발사되는 소리였다.

나는 커피를 마시며 '스완네 집 쪽'을 향해 있었다.

생각에 생각을 생각하다가

프루스트의 문장 사이에서 깜박 졸았다.

카페의 소음, 빛바랜 색들, 재의 시간,

끝에서 끝으로 후진하는 기억들.

너무 푸르러 지루한 저녁이었다.

여전히 손에 잡히지 않는 것에

안달하는 내가 못마땅했다.

몇 세기를 살아낸 사람처럼 삶에 무심해지고 싶었다.

좀더 나은 존재가 되고 싶단 바람조차

바람에 날려버리고 싶었다.

야멸찬 철수세미가 할퀴었을 생채기였다. 쇠를 다치게 하는 건 쇠밖에 없다. 아울러 쇠를 견디는 것 역시 쇠밖에 없으리라. 센 불에서 용맹하게 태어나 몇십 번의 찬물 담금질과 찰과상을 입는 동안 비로소 세상 이치 좀 깨쳤을까. 더러는 찌그러지고 더러는 광택 잃고 더러는 녹이 슬어 다시 센 불의 품에 안기고 말, 저 생의 경로를 헤아렸다. 고흐의 〈별이 빛나는 밤〉을 닮은, 생의 재채기 같은 생채기를 보면서.

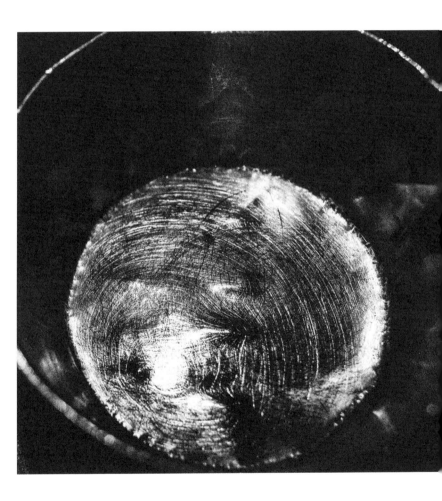

F4.5

어젯밤 그 자리엔
아무도 없었지만

|

내일 아침 좀더 튼튼한 자아를 가진 사람이
내 속에 들어와, 며칠만 살아주었으면 좋겠다.
그에겐 미안한 일이지만.

한
걸음이
물음이었고

한 걸음이 물음이었고
다음 걸음이 대답이었다.
내가 묻고 내가 답하는 동안
눈발이 거세졌다.
보잘것없는 속엣말에
온 우주가 귀기울여주는 것 같았다.

그
밤을

나는 잊지 못하지

그 밤을 나는 잊지 못하지.

미친듯 쏟아졌던 진눈깨비 활활한 밤이었어.

사진을 보면 그때로 돌아가져.

잴 수 없는 박자로 가슴이 뛰어.

하지만 나는 이제 거기에 없고

그때에 머물러 있지도 않아.

어떤 사진을 볼 땐 용기가 필요한 법이야.

나는 오래전부터 진눈깨비를 좋아했어.

앞으로도 내내 그럴 수 있었으면 좋겠어.

어젯밤 그 자리엔 아무도 없었지만,

그래서 아무것도 아닌 건 아니었다.

빛이 테이블 위로 떨어졌다.

그 장면이 좋아 텅 빈 눈으로 바라보았다.

바깥에 바람이 좀 불었고

이따금 헛것들의 그림자가 테이블 위를 스쳤다.

악몽

차량 수십 대가 내 뒤를 쫓았다. 나는 조금 전 회사 건물을 부숴버렸고, 글자들을 가위로 오려 쓰레기통에 버렸다. 근처 은행을 털었다. 전철을 철로 밖으로 끌어냈고, 거리의 전봇대를 모조리 뽑았다. 도로 한복판에 큰불을 질렀다. 사람들을 공중으로 날려버렸고, 대로를 유유자적 혼자 걸었다. 헬기가 뜨고 사이렌이 울렸다. 언제든 감옥에 갈 것이었고 굳이 피할 생각이 없었다. 붙잡히기 전까지 더 많은 걸 부술 수 있기를 바랐다.

명치끝이 아프다

그저께 어머니가 다녀가셨다. 채 정리하지 못한 채 방 한 쪽에 부려져 있던 그릇들을 하나하나 닦아 선반에 올려놓다가, 어머니가 우셨다. 그 울음이 갑작스러워 나는 우두커니 서 있었다. 이만한 게 다행이라고 자조하던 목소리는 어디 갔는가. 잠시 후 어머니가 눈물을 훔쳤다. 행주를 빨아 쥐어짰다. 힘껏 물기를 짜냈는데도 행주는 여전히 축축했다. 어머니 내려가신 뒤로 명치끝이 아프다.

힘이 솟는다

무럭무럭 힘이 솟는다

좀더 불끈 참으라고

막무가내로 힘이 솟는다

오늘 아침 횡단보도를 지나며

나는 힘이 솟는다

내일 아침 횡단보도를 지나며

나는 또 힘이 솟는다

뼈마디가 굵어진다

살이 오른다

힘이 머리끝까지 솟는다

거기서, 몇 시간이 흘렀다. 처음에는 뒤섞인 숨결들로, 이윽고 저마다의 심장 박동으로 뿔뿔이 흩어졌다. 여기가 바다의 끝, 자유의 무덤인가. 그는 이전의 자신으로 돌아갈 수 없음을 알았고 곧 순해졌다.

그를 감싼 붉은 방은 무섭도록 차갑다. 어느 깊은 바다의 밑바닥에서도 느껴본 적 없는 공포가 몸을 휘감는다. 암초처럼 무뚝뚝한 존재들과도 사랑을 나눌 수 있었던 그의 흡반들은 이제 쓸모없어졌다. 이 방의 벽은 부드럽긴 하지만 키스를 받아주진 않기 때문이다.

그리하여 그의 의지는 짜부라졌다. 어떤 달콤한 유혹도 그를 여기서 탈출시킬 수 없다. 그는 감금되었다. 죽음을 기다리는 것 외에 아무것도 할 수 없는 그는 지금, 낯선 나라에 와 있다.

세상이 슬프고 어둡고 분하고 아픈 것들로
가득해 보일 때면 노래를 하러 간다고 했다.
맘껏 소리지르라며 내게 마이크를 건넸으나
제대로 뽑아내질 못하자
시범을 보이겠다며 그가 자리에서 일어났다.
취하고 싶은 것도, 욕하고 소리지르고 싶은 것도
모두 나였는데, 그가 대신해버렸다.

가
위

흐리고 침침한 벽 너머에서 누가 못질을 하고 있었다. 쿵
쿵 벽이 울릴 때마다 고요가 깨어났다.

이 새벽에 누가 못질을.

게다가 창문 너머에서 들리는 사람들의 중얼거림 또한 수
다스럽게 귓가를 맴돌았다. 이게 실제인지 가위인지 알 수
없었다.

새집에 이사 온 뒤로 가끔 그런 꿈을 꾼다. 첫날엔 무당이
큰 마당에서 굿을 했다. 횃불 밝힌 밤이었다. 쟁쟁쟁쟁 꽹
과리, 징, 북 소리가 섞여 강렬한 무악巫樂을 만들어냈다.
무당은 나를 보고 있었고 시점은 내게 있었다. 공수를 받
으려는 사람들이 연신 손바닥을 비비적거렸다. 나는 포승
줄에 묶인 듯 움직일 수 없어 답답했고 그래서 한껏 힘을
썼다. 그러다 한순간 툭 하고 줄이 끊어졌고 팔다리가 자
유로워졌고 사람들이 놀라 물러났다.

그때도 꿈인지 생시인지 구분하지 못했다.

페퍼민트 향내가 코끝에 맴돈다. 따뜻한 카페에 들어오니
졸음이 온다. 내일 아침 좀더 튼튼한 자아를 가진 사람이
내 속에 들어와, 며칠만 살아주었으면 좋겠다. 그에겐 미
안한 일이지만.

1.4 2.0 3.5 **F 4.5** 5.6 8.0 1.1 16.0

너는 공중을 잃었다

나는 기어이 너를 찾아냈다.

우리는 오래전에 만난 적이 있다.

거기가 어디였든 무슨 일이었든

이제 너는 거기에 없고

여기서 혼자 밤을 울고 있다.

너는 길을 잃었다.

너는 공중을 잃었다.

너는 마음을 잃었다.

얼굴마저 꼭 걸어 잠근 밤

너는 벽 앞에서 중얼거린다.

길 저편은 메두사가 눈 부릅뜬 세상,

돌아보면 끝이다.

구구야, 이 밤을 울기 위해 너는 나를 떠나

여기까지 온 것이냐.

나를 보아다오, 제발 고개를 돌려

네 슬픔을 열어다오.

빗물이 이랑 지어 흐르는 유리창에

가만 손바닥을 댄다.

나의 체온이 그려놓은 무늬는

반대편 허공에서 마주댄 당신의 손이다.

F5.6

네가 거기 있어서,
나도 거기 있었다

|

이 상상이 저물지 않는 한
네가 이 세상에 존재하지 않을 이유는 없어.

누가 버린 꽃

누가 주었고

누가 버렸고

내가 줍고 싶었던

그 꽃.

봄밤 소묘

그날 밤 그들은 감기 들린 봄이었거나
잘린 벚나무 가지였을 것이다.
남몰래 잡은 손이 타들어가는 줄도 모르고 있었으니
교교한 달빛 속으로 흥청흥청 말을 벗어던지고
서로의 이름마저 갸웃거릴 때까지
두 눈만 끔벅끔벅했을 것이다.

아이는 개의 등을 만지며

아이는 개의 등을 만지며 눈을 질끈 감는다.

좋으면서 싫은 것.
싫으면서 좋은 것.

이 모순된 감정이 사랑을 만들어낸다.

곁

닿지 않아도 닿아 있다.
옆에 있어도 마주본 듯이.
이 순간 너는 내게 가깝고
나는 네게 훨씬 더 가깝다.

네가 거기 있어서, 나도 거기 있었다.

바람의 일생

중산간 흐릿한 저녁.

바람이 내 손가락 사이로 지나갔다.

아뿔싸! 그의 일생이었구나.

"새해 복 많이 받고 건강하시고 하는 일 다 잘되시길 바랍니다. 그리고 저도 건강하고 안전운전 하겠습니다."

3월 중순에 듣는 신년 덕담이 낯설었다. 그는 자신의 차에 태우는 손님들과의 인연에 대해 이야기했다. 그 흔한 말 속에서 어떤 진심이 느껴졌다. 우리는 십 분 남짓 동안 많은 이야기를 나누었다. 삼 년 전 택시 운전을 시작했다는 그는 오십대 후반으로 보였다. 그리고 눈물이 많은 사람이었다.

"아저씨, 왜 우세요?"

"모두에게 미안해서요. 나 때문에 가족들이 힘든 상황에 처했거든요. 내가 실패해서. 가족들 생각만 하면 이렇게 눈물이 납니다. 제가 매일 아침 혼자 울고 나옵니다."

그의 눈에는 여전히 그렁그렁 눈물이 고여 있었다.

"손님들에게 덕담을 해드리고 나면 꼭 저에게도 그 말을 해줍니다. 나도 건강하고 안전운전 하라고."

결혼한 지 칠 개월 된 부부였다. 두 사람은 결혼 전 데이트할 때도 손만 잡고 다녔고 서로를 수줍어했다. 불같은 연애는 아니었지만 여자는 이 사람이면 되겠다 싶어 남자의 청혼을 흔쾌히 받아들였다. 두 달 뒤, 남자가 지방 출장을 떠나게 되었다. 여자는 서운했지만 따라갈 수는 없었다. 그는 한 달에 두 번 집으로 돌아왔다. 오랜만에 만난 부부는 처음 만난 듯이 서로를 어색해했다.

여자는 지금 임신 육 개월 차다. 여자는 외로웠다. 여자는 우울했다. 매일 아침 혼자 밥을 먹으면서 라디오를 들었다. 어느 날 그 프로그램에 사연을 보냈고 방송을 타게 됐다. 디제이는 그녀의 사연을 안타깝게 읽어 내렸다. 여느 날처럼 아침식사를 하며 방송을 듣던 여자는 왈칵 눈물을 터뜨렸다. 디제이는 외식 식사권을 보내겠으니 이번 주에 남편이 오면 '알콩달콩' '오순도순' 식사하면서 대화를 많이 나눠보라고 조언했다. 여자는 디제이가 '알콩달콩' '오순도순'을 강조해서 발음하는 것을 들었다. 남편은 이번 주에 집으로 돌아온다.

이
상상이

저물지 않는 한

고갤 빠끔 내밀었어. 네가 쌓은 담이 하도 높아서 까치발을 할 수밖에 없었어. 나는 키가 작으니까. 그러고도 거기 웅크려 있는 네 그림자밖에 보지 못하지. 나는 시력이 좋지 않으니까.

아마 너는 그 안에서 나오지 않기로 작정한 모양이야. 나는 너를 볼 수 없지만 보고 있다고 믿어. 너를 들을 수 없지만 듣고 있다고 믿어. 너를 만질 수 없지만 만지고 있다고 믿어. 내가 할 수 있는 건 상상뿐이니까.

너를 감정하고 심판할 사람들은 이제 여기에 없어. "힘내라"는 지겨운 말들, 적선처럼 나눠주던 사람들도 떠나고 없어. 진눈깨비 속을 허위허위 걷던 밤은 끝났어. 발끝에 들러붙었던 눈들도 녹아내렸어. 자 둘러봐. 이곳엔 네가 만든 따뜻한 얼음들뿐이야. 그리고 얼음을 끌어안고 잠든 널 상상하는 내가 있단 걸 기억해주렴.

이 상상이 저물지 않는 한 네가 이 세상에 존재하지 않을 이유는 없어.

우리를 다녀간

감感에 대하여

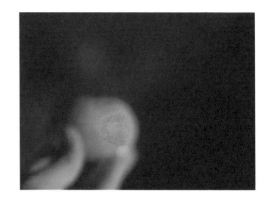

예감豫感

친밀감親密感

자신감自信感

4.5 **F 5.6** 6.0

열등감劣等感

비감悲感

무감無感

지난여름 쓰러진

내 마음 한 그루

아무도 모르게

부러진 마음가지

사랑도 미움도

퍼렇게 멍이 들더니

그리움만 붉어져

끝내 터져버렸네

엄마,
나를 놓지 말아요

그건 정말 한순간이었어요

심심해서 허공에 발길질 한번 했을 뿐인데

손이 잘렸어요 발목이 없어졌어요

여긴 어디죠 세상이 어두워지고 있어요

왜 나는 거기에 있지 않고

여기서 엄마를 바라봐야 하나요

엄마, 나는 잘못한 게 없어요

나는 죽고 싶지 않아요

엄마, 나를 좀더 붙잡아주세요

내 몸의 무게가 처음으로 느껴져요

개미들이 몰려들고 있어요

바람이 살갗을 파고들어요

나를 좀더 붙잡아줘요

땅이 점점 가까워지고 있어요

엄마 목소리가 멀어요

엄마 얼굴이 흐릿해요

내가 누군지 무엇인지도 기억이 나질 않아요

엄마, 나는 죽고 싶지 않아요

엄마, 제발 제발, 나를 놓지 말아요

그 숲에 버리고 온 숨이 있다

꽤나 깊은 데였으니

아무도 못 보았으리라.

비자나무 울울하니 눈 가리기 좋아

보따리 숨 하나 버리고 왔다.

처음엔 콧숨 나중엔 한숨

끝내 들숨 날숨

할 것 없이 죄다 술술

거기서 풀어져 나온 것이

슬픔이었는지 기쁨이었는지

처음이었는지 끝이었는지

끝내 너였는지 나였는지.

F6.0

슬픔의
중력

|

아직도 밤이 무섭다는 말은
열 살 소녀의 중얼거림처럼 들렸다.
외로움은 학습될 수도, 익숙해질 수도 없다.
다만 견디는 것, 그뿐인 것이었다.

좋은 포옹이란

두 팔의 그림자를 포개어
잠시 아픈 당신이 되어보는 것.

너만 그런 게 아냐.

쥐든 바퀴벌레든 앞에 두고

수다떨고 싶은 날이 내게도 있어.

7년 전 여름, 백령도였다. 무심히 혼자 떠난 여행이었다. 현지 노인의 집에 들러 물을 얻어 마셨다. 노인은 여든이 훨씬 넘은 나이였고 일찌감치 남편을 보내고 혼자서 수십 년을 살아왔다고 했다. 아직도 밤이 무섭다는 말은 열 살 소녀의 중얼거림처럼 들렸다. 외로움은 학습될 수도, 익숙해질 수도 없다. 다만 견디는 것, 그뿐인 것이었다.

송아지를 받고 온 작은할머니가 떠나자 그제야 빠져나와
첫 울음을 터뜨렸다고 했다. 소와 사람의 임신 개월 수가
비슷해서 생긴 미신의 한 삽화일 것이다. 귀여운 송아지
따위를 내가 무서워했을 리 없다.

그런데 생일이면 늘 그 송아지 생각이 난다. 그날 밤 나보
다 조금 먼저 태어난 형 또는 누이뻘의 그 송아지는 어떤
삶을 살았고 끝내 무엇으로 돌아갔을까. 내가 더 나은 삶
을 살고 있다고 확신할 수 없는 서른 몇의 생일날.

종이배 접기

'희망의 종이배'를 접어서 앞으로 전달해달라는 사회자의 말에 당황했다. 종이배 접는 법이 생각나지 않았다. 벌써 세 마리째 접고 있는 옆 사람의 손을 훔쳐봐도 막막하기만 했다. 아, 종이배 하나 세상에 띄울 줄 모르고 내가 이렇게 살고 있었구나.

삼십 년이 집에 돌아왔다

일본에서 중년 남자가 급사했다.

평사원으로 삼십 년 봉직.

"아버지는 성실한 가장이었어요."

가족은 그를 회고하며 눈물을 흘렸다.

동료들은 회사에 남아 있는 유품을 정리해

집으로 보냈다.

좁은 책상에서 남자가 보낸 삼십 년이

마침내 집에 돌아왔다.

마음이 허한 날이면 꼭 전활 하시네요.

신용등급이 어떠냐고요?

대출 계획이 있냐고요?

그런 걸 빌린들 갚을 능력이 없어요.

오늘도 잘못 거셨어요.

이젠 전화하지 마세요.

내게 사랑을 빌려주려 하지 마세요.

사
랑
혐
오
에

반
대
함

그대들에게 묻는다.

사랑이
무슨
죄인가.

이놈의 사랑.

처음엔 아무도 그녀의 꿈을 눈치채지 못했다. 그저 잠꼬대가 심하거나 가벼운 몽유병이 있는 정도로 여겼다. 그녀 스스로도 특별히 이상하다는 걸 느끼지 못했다. 깨고 나면 언제나 머릿속이 하얬고 꿈은 원래 그런 것인 줄 알았다.

어느 날 아침 그녀가 마을 초입 무연고 묘 앞에서 잠든 채로 발견되었다. 그제야 감나무집 딸이 몽유병에 걸렸다는 게 바깥에 알려졌다. 그녀의 부모는 증세를 축소해 말하기 바빴다. 사람들 몰래 의사를 찾아갔고 목사에게도 한의사에게도 데리고 가보았다. 그런데 그런 날이면 그녀는 오히려 더 심하게 잠꼬대를 했다. 무슨 얘길 하는가 싶어 처음으로 가만 들어보던 부모는 깜짝 놀랐다. 입에 담아선 안 될 무서운 말들이 딸의 입에서 흘러나오고 있었다.

석 달 동안 그녀는 자주 발뒤꿈치가 땅겨 아프다고 울었다. 낮에는 여느 아이들처럼 잘 놀았지만 저녁만 되면 몸이 오소소소 춥다고 또 울었다.

독실한 기독교 신자였던 그들 부모가 아랫말 용한 무당을 찾아가기까지는 꽤 오랜 결심이 필요했다. 그러나 어떻게든 딸을 지옥에서 구하겠다는 마음이 서자 신은 대수롭지 않은 신앙이 돼버렸다. 그사이 소문은 몸피를 키워 열 살짜리 계집애가 마을에 재앙을 몰고 올 거라는 얘기가 함부로 이 집 저 집의 문지방을 넘었다.

며칠 뒤 새벽, 무당이 고수들을 데리고 찾아왔다. 그러곤 제일 먼저 부엌을, 그다음엔 뒤꼍을, 마당을 둘러보더니 동티가 났다고 진단을 내렸다. 귀신의 노여움을 샀다는 것이었다. 그 귀신이 무엇인가에 대해 듣자 남편은 오들오들 떨었고 아내는 털썩 주저앉았다.

마당에 굿상이 차려졌다. 무당은 대나무가지를 꺾어다 정성껏 지전을 매달았다. 지전이란 넋에게 바치는 종이돈이라고 무당이 말했다. 시월 초순 댓바람이 불자 지전은 넋을 부르는 손짓처럼 펄럭였다. 사흘 낮밤 푸닥거리가 이어졌다. 북, 징, 장구, 꽹과리 소리가 귀청을 찢었다. 대거리하듯 짖어대던 개들이 기세를 잃고 심드렁해졌다. 엄마가 급하게 사다 입힌 한복이 조여 그녀는 치마를 꾹 말아 쥐었다. 엄마가 돼서 여태 내 사이즈도 모르냐고 투덜거리고 싶었지만 소릴 내지른들 가닿을 것 같지 않았다. 몸이 무너지려 할 때마다 무당이 다가와 살며시 머리를 눌렀다.

'나는 조금 무서운 꿈을 꾸었을 뿐이라고요.'

그녀는 어른들이 자신을 함부로 대하는 데 화가 났다. 그리고 부끄러웠다. 무슨 꿈을 꾸었는지 알아내겠다는 듯 지켜보는 눈들이 그녀를 발가벗기고 있었다. 제발 그만하라고 발악을 하고 몸부림칠 때마다 누구도 닿지 않았던, 아직 그녀조차 만져보지 못한 세계의 조각들이 광목천에 발갛게 토해졌다. 아무도 보아선 안 되는 것이 누구나 볼 수 있게 꼴을 드러내자 사람들은 흡족해했다. 설핏 그녀의 고개가 떨구어졌다. 이대로 자고 싶었다. 무섭더라도 차라리 꿈속이 나을 것 같았다. 그러나 무당의 서슬에 겁먹은

잠은 뒷걸음질만 칠 뿐 그녀의 꿈에 쉬이 깊이를 허락하지 않았다.

아주 오랜 시간이 지나 그녀는 더이상 몽유병을 앓지 않는다. 하지만 이따금 불면을 호소한다. 그럴 때면 애인에게 메시지를 보낸다. 다행히 애인은 가까이에 있고 기꺼이 달려와 그녀의 베개가 되어준다. 하얀 벌레들이 자꾸 내 밑으로 들어와. 그녀의 잠꼬대를 애인은 예사로 듣지 않는다. 벌레든 뭐든 다 쓸어버려주겠다고, 네 밤을 지키는 스탠드가 되어주겠다고, 애인은 감싸안은 팔에 더욱 힘을 준다.

태풍은 좋겠다

어느 날 태풍의 진로 방향에 대해
아이들이 농담하는 걸 들었다.
"태풍은 좋겠다, 진로가 정해져서."

그의 노동 시간은 길어야 하루 네다섯 시간이다. 거참 부럽다고 내가 말하자 그가 대답하길, 지난가을부터 회사에 파업이 한창이라며 정규직이 파업으로 자릴 비운 몇 시간 동안만 그 자리에 앉는다고 했다. 그는 8개월 된 아기 아빠다. 정규직이 하나둘 회사를 떠난다 해서 그 자리를 꿰찰 수 있진 않을 것이다. 그에겐 파업이 밥이다. 누군가의 파업이 계속되어야 그가 산다.

'이마가 조금 벗어진 짧은 머리. 안경 착용. 흰색 티셔츠에 청색 점퍼. 평상시와 다름없이 출근하러 나갔다가 귀가하지 않음.'

오래전 사진에 담긴 누군가의 실종 전단지. 아직 귀가하지 않았다면 여전히 출근길 혹은 퇴근길에 서 있을 남자. 그의 집은 가장 먼 곳에 있다.

영목항 갈매기떼는 안면도와 대천 사이를 하루에 다섯 번 왕복한다. 바람에 목숨을 내맡겼다 솟구치느라 그들은 내내 바쁘다. 과자를 손에 든 사내아이가 시시덕거리며 던질 듯 말 듯 장난치는 꼴이 그들은 영 짜증스럽다. 치사해서 이 짓도 못해먹겠다고 돌아갈 법도 하지만 별수없다. 물살을 헤집어 먹이를 찾는 일은 이미 전설처럼 아득하다. 사람과 짐승이 같은 것을 먹고 같은 것으로 삶을 버티게 된 지 오래다. 먹이를 잘 낚아채는 녀석은 절대 사람에게서 눈을 떼지 않는다. 비행 실력이 좋지 않은 갈매기는 동료들이 먹이를 낚아챌 때마다 고개를 갸웃갸웃한다. 민첩성을 기르지 못한다면 그 갈매기는 얼마 안 가 굶어죽을 것이다.

여객선 위에서 갈매기와 사람은 게임을 한다. 갈매기는 사람이 주는 과자를 받아먹으며 속으로 병드는 줄도 모르고 즐거워하고, 사람은 갈매기에게 과자를 던져주며 그 우월감에 흐뭇해한다. 여객선이 대천항에 닿을 즈음이면, 갈매기는 등대 아래 테트라포드에 내려앉아 단체로 휴식을 취한다. 다시 영목으로 출발하는 여객선이 움직이기 전까지 그들은 거기에 하얀 똥을 싸지르며 잡담을 나눈다. 오줌을 싸지 않는 그들의 똥에 활발한 신진대사의 산물로 요산이 섞여 나온다. 반나절 건너왔으니 또 반나절 건너가야지. 뒤늦게 도착한 한 녀석이 날개 끝에 깃발처럼 흰 목숨을 달고 내려앉는 광경을, 나는 피곤한 눈으로 본다.

세상에 믿을 건
자기뿐이라는 그를

세상에 믿을 건 자기뿐이라는 그를

그러나 사람들은 믿지 않는다

통장 잔고 890원 부채 4500만 원

카드 사용 정지, 모든 신용 거래 불가 판정

어느 날 그의 손에 자본주의의 수갑이 채워졌다

왕년은 아직도 산 너머 구름 속을 사는데

이젠 석가 예수도 구원 못할 죄인이 돼버린 사람

햇빛마저 체납된 빚이라 하니 말 다 했다

그러다보니 염치도 버렸는가

무작정 한 여자를 사랑하게 됐다고

미용실 차리는 게 삶의 목표인 적도 있다고

그런데 알고 보니 사랑은 그의 또다른 채무자였다고

그 여자의 연애 불가 판정에 차라리 가슴을 쓸어내렸다고

그 남자, 허허허 웃었다

당신의 잠

당신의 잠을 바라본다.

당신의 잠은 비스듬하다.

꿈조차 비스듬히 입장해야 한다.

한 몸 넣 데 없이 길에서

잿더미처럼 전소한 사람.

당신이 잠드는 걸 막지 못했으니

아무도 당신을 깨울 수 없다.

당신이 꿈속 벌판을 걷는 동안

신발 한 짝도 나란히 걷는다.

잘 자라.

슬픔의 중력

저 홀로 엎드려 아득한 것.
우는 사람의 밤에 바치는 짧은 수사.

슬픔은 기쁨의 과도기가 아니라
그 자체로서 존중받아야 한다.

슬픔은 부끄럽지 않다.
슬픔은 틀린 것이 아니다.
슬픔은 다친 자의 권리다.

그러니 당당히 슬픔을 허하라.
아무도 울지 않는 밤은 세상에 없다.

생애 첫눈을 맞은 개에게

네가 찾아가 내달리는 운동장에 하얗고 차가운 것이 먼저 와 너를 기다린다. 너는 혀를 날름거려 맛을 보고, 킁킁 냄새도 맡아보고, 고개를 갸웃갸웃한다. 이리저리 발을 놀릴 때마다 그 차가운 것이 살갗에 닿는 느낌이 마냥 이상하고 좋기만 한가보다. 쿠랑아, 이담에 내릴 눈도 너에겐 첫눈이겠지? 숫눈에 찍힌 네 발자국을, 나는 오래오래 기억할 거야.

*몇 년 전 겨울, 이제는 지나간 시절의 개, 쿠랑에게 쓴 편지.

F7.1

밝은 방

|

먼 별빛 같은 아스라함일지언정
닿지 않음으로써 비로소 닿게 되는
위안의 감각이 세상에는 있다.

그들이 퇴장함으로써 대화는 종결되었다. 리본을 단 침묵이 차례로 입장한다. 부풀었던 꿈이 꺼지고 시간이 정지한다. 창밖은 생의 열기와 빛으로 부산스럽지만, 어느새 슬픔으로 물든 방은 광중壙中처럼 컴컴하다. 이제 누구를 위해 울 것인가. 먼 곳으로 떠나버린 자를 위해? 아니면 남은 자신을 연민하기 위해?

닭과 나

내 가난한 밤을 위로해주었던 무수한 닭들의 희생에 오늘 나는 묵념한다. 튀김가루 외투를 덮어쓰고 닭들은 우리에게 왔다가, 나에게 왔다가, 입속에서 바수어짐으로써 사라졌다. 그들은 이미 한 번 죽었었고, 끓는 기름 속에서 두번째 죽음을 맞이했었고, 내 슬픔과 불안의 위액에 녹아 세번째로 황천을 건넜다. 저 수메르의 길가메시는 자신의 벗 엔키두가 죽자 그의 생명을 회복시켜주기 위해 세계의 끝까지 방랑했다는데, 나는 닭을 사랑한다 하면서도 그 죽음을 슬퍼하기는커녕 더 맛있는 죽음이 없는가 메뉴판을 훑기 바쁘지 않았던가. 그렇다, 나는 죽음의 포식자다. 죽음을 씹고 삼켜 살아왔음을 어찌 부정하랴. 그러나 나에게도 한줌 양심은 있어 닭의 뼈와 살을 발라냈던 이전의 밤들이 그리 행복하지만은 않았단 걸 알아주었으면 좋겠다. 닭들이, 프라이드치킨과 양념치킨, 갈릭치킨, 매콤달콤치킨, 파닭 들이 말이다. 아멘.

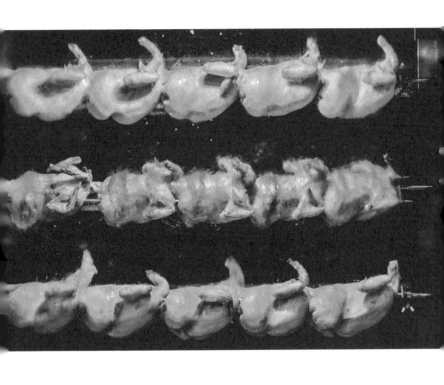

나의 눈은 19세기 유럽의 한 박물학자에게 도려내져 포
르말린에 절여졌다. 처음에는 병에 담긴 채로 창고에서 한
달을 보냈고, 이후에는 젠켄베르크 박사에게 넘겨져 그때
쯤 막 개관한 박물관에 전시되었다. 눈이 도려내졌으니 당
연히 아무것도 볼 수 없어야 했지만, 나의 눈은 병에 담겨
있을 때도 여전히 '보고' 있었다.

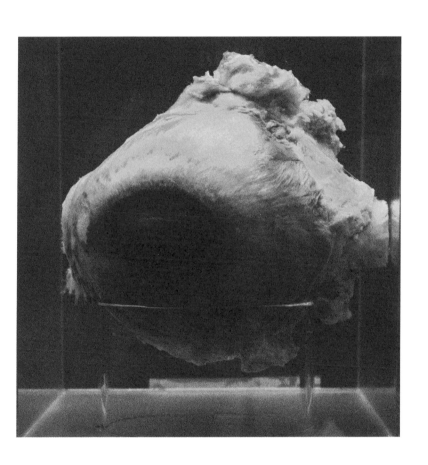

분홍이

분홍돌고래, 어느 공장 몇 번 라인에서 보통명사로 태어났지요. 어느 날 누구의 손에 이끌려 어느 집 아이에게 갔지요. 아이는 새 이름을 지어주었겠지요. 아무도 바꿀 수 없는 고유명사였겠지요.

아이의 꿈속을 헤엄쳐 첨벙첨벙 노는 게 돌고래는 좋았지요. 그런데 놀이는 오래가지 못했지요. 아직 한참 더 놀 수 있었지만 꿈 없는 낮밤만 길게 이어졌겠지요.

아이가 이사 가던 날, 품에는 아이를 닮은 인형이 꼭 안겨 있었더랍니다. 이 가엾은 분홍돌고래, 하는 수 없이 꿈 밖으로 튕겨 나온 거지요. 아무도 찾지 않는 밤, 길고양이들조차 거들떠보지 않는 밤이란 고유명사에서 보통명사로 건너오는 쓸쓸한 밤이었을 테지요.

이 모든 장면을 뜬눈으로 말해주었으니 그 돌고래 이름, 나라도 새로 불러주지 않을 수 없었지요.

분홍아, 분홍아, 하고요.

어찌 저를 버리시나이까

엘리 엘리 라마 사박다니.

아버지, 어찌 저를 버리시나이까.

하늘을 향해 부풀어오른 배,

번쩍 쳐든 두 손이었다.

태풍이 쓸고 간 길에 드러누운

개구리 목숨 하나

응답이 올 때까지

꿈쩍 않는다.

이제쯤 나 천년 묵은 거북등껍질이오, 갈라진 정육각형 암반마다 누렇게 물이 들었소, 출궁한 지 기백 년, 물 밖에 나와보니 알겠더구려, 세상엔 온통 토끼들뿐이라는 걸, 놈들 간보다 내가 더 쓸모 있는 약재라는 걸, 용왕님은 아직 살아 계신지, 누가 용궁에 기별 좀 넣어주오, 나 별주부는 이제쯤 바다로 가는 길이 아령칙하오, 눈은 푹푹 나리고 약탕기는 펄펄 콧김을 내뿜고.

The
horse
on
the wall

누가 벽에 말을 세워두었다.

비 오는 날 벽이 물을 먹으면

말의 길도 질퍽질퍽할 것이다.

이 어둠을 바스러뜨릴 수도 있을까.
아무도 보고 있지 않다는 것.
혼자 마주해야 한다는 것.
솟구치는 감정을 애써 눌러야 한다는 것.

그러나 삶이 야속해 울음 터뜨리는 밤에도
기어코 슬픔을 응시하는 눈이 있다.
아무 말 없는 눈길일지언정
먼 별빛 같은 아스라함일지언정
닿지 않음으로써 비로소 닿게 되는
위안의 감각이 세상에는 있다.

그 믿음 하나로 애오라지 살아지는
미신 같은 밤이 나에게도
당신에게도 있다.

처음 보았다. 찌든 점퍼 속에 백 년의 눈빛을 감춘 사람. 삭은 재처럼 겨우 버티고 있어 당장에라도 사라질 것만 같았던 사람. 냉기가 발에 새는 길 한복판이었다. 마주 오던 사람들이 노파를 피해 갔다.

길을 재촉하던 중년 남자가 걸음을 멈춘 것은 그때였다. 그는 노파처럼 검정 점퍼를 입었고 중키에 오십 대쯤, 추운 날씨를 못 견뎌 모자를 뒤집어쓴 사람이었다. 멀찍이 서서 내가 그러고 있듯 중년 남자 역시 뭐에 홀린 듯 노파 앞에 꼼짝도 하지 않고 서 있었다.

점퍼 호주머니에 양손을 넣고 노파를 내려다보던 그가 마침내 무슨 말인가를 건넸다. 뭐라고 말했는지는 내 쪽까지 들리지 않았다. 노파의 몸이 살짝 움직이는 것 같았는데 거기에 대답을 했는지 입술만 옴쭉거렸는지도 나는 알 수 없었다. 소리도 자막도 없는 영화의 관객이 된 느낌이었다. 잠시 후 남자가 호주머니에서 손을 꺼내 뭔가를 내밀었다. 노파에게 얼마쯤 돈을 쥐여주었을 거라고 생각했다. 그런데 그 장면을 자세히 보고 싶은 마음에 몇 걸음 더 다가가서야 그가 '내밀고' 노파가 '받은' 것이 무엇인지 알게 되었다.

손이었다. 그게 다였다. 사람이 사람에게 작은 손을 통해 체온을 나눠주고 있는 것이었다.

저녁의 이음표

이편에서
저편으로
저녁을 드리워
마음을 잇다.

우리,
허공에서 만나자.

허공을 놓친 그 새가

아래로 곤두박질치는 것이

하늘은 안타까웠을 것이다.

그래서 따라 내려와

날짐승의 허공이 돼주기로 한 것이었다.

끝이었지만 아주 끝은 아니었다.

누가 떨어뜨린

잉크 자국처럼

여름내 말 많았던 나뭇잎들,

가고 없고

그 누가 떨어뜨린 잉크 자국처럼

나무 두 그루,

풍경에 번져 있다.

우리를 스친 건 사랑이 아닐지 모른다.

열 살 때인가, 황금을 찾아 우리 동네로 들어온 이가 있었다. 동네에 금이 묻혀 있다는 게 나로선 처음 듣는 얘기였는데, 점방 앞 평상에 둘러앉은 몇몇 어른들은 일제 때 금맥을 찾으러 일본인들이 드나들었단 얘길 들은 적 있다며 저마다의 추리를 내놓았더랬다. 그들이 정말로 금맥을 찾아내 다 캐갔는지 어쨌는지는 모르겠으나, 멀쩡한 사내가 들어와 저러는 걸 보면 진짜 뭐가 있는 거 아니냐는 것이었다. 그들의 말이 참말인지 웃자고 하는 소리들인지 분간할 수 없었던 나는 가슴이 두근두근해 어쩌할 바를 몰랐다.

황금을 찾으러 마을에 들어온 남자는 아이들에게 당연히 신비 그 자체였다. 아이들의 입은 어른들이 몰래 속닥거리는 이야기를 크게 부풀리는 능력이 탁월했고 정체 모를 그를 동화책에서 보았던 보물 탐험가로 둔갑시키는 데는 누구 하나 빠지지 않았다. 아저씨, 진짜로 금이 나와요? 만날 도랑에서 가재 잡고 헤엄쳐도 사금파리 하나 발견해본 적 없는 아이들이 다가와 알랑알랑 말을 붙이면 아저씨는 헤벌쭉 웃으며 대답했다. 두고 보거라, 금모래를 모아서 보여줄 테니. 외지고 응달진 데 있어 귀신 집이라고 불리던, 해 질 무렵이면 어둠이 가장 먼저 스며들던 빈집은 이제 거의 매일 밤 금빛으로 빛났다. 그는 무섬증을 타는지 아니면 밤중에도 일을 해선지 불을 끄지 않고 생활하는 것 같았다.

어느 일요일, 그가 읍내에서 열리는 군민체육대회 구경

을 가자며 나를 꼬드겼다. 어쩌다 그런 얘길 나누는 사이가 됐는지는 기억에 남아 있지 않다. 오랜만에 차 타고 읍내에 간다니 마냥 설렜던 느낌만 선명할 뿐. 금광 아저씨의 덜덜거리는 트럭으로 한 시간쯤 가 북적거리는 읍내 초등학교 운동장에 닿았다. 부락 대항으로 계주, 씨름, 쌀가마니 들고 오래 버티기 등 학교 운동회 때 보았던 장면들이 비슷하게 펼쳐졌다. 그가 점심으로 짜장면을 사주었고, 당시 읍내에 두 개뿐이던 서점 중 한 곳에 들러 읽고 싶은 책을 고를 기회까지 주었다.

「순이 삼촌」과 「장마」가 수록된 소설책이 눈에 들어왔다. 한국현대소설을 대표하는 두 작품은 그렇게 열 살짜리의 두 손에 담겼다. '순이 삼촌'이 '장마'보다 앞에 있었으므로, 나는 그것이 엉뚱한 순이네 삼촌 얘기를 그린 재밌는 동화일 거라고 생각했다. 그 한편 철없는 철수네 이모 이야기도 있을 거라고 기대했다. 한국현대사의 비극을 담은 '소설'(소설? 그게 뭔지도 몰랐다)일 거라고는 전혀 생각하지 못했다.

그때 읽은 「순이 삼촌」은 무서웠다. 기분 나쁜 꿈을 꾼 것처럼 잘 잡히지 않는 이미지들이 머릿속을 떠돌아다녔다. 「장마」는 그나마 나았다. 내 나이 또래의 소년과 구렁이가 나와서였을 것이다. 두 할머니가 왜 다투는지 따위는 아예 관심 밖이었다. 글자로 읽는 구렁이 이야기는 무척 낯선 경험이었다. 훠-이, 훠-이. 소설 마지막 부분에서 마당에 나타난 구렁이의 길을 안내하는 할머니의 타이르는 말투, 그리고 지켜보는 사람들의 엄숙함, 두 손을 모으고 고개를 조아린 듯 흘러가는 문장들을 제대로 이해는 못했지만, 그 슬픔만은 분명하게 가슴에 아로새겨졌다.

나는 그때까지 한 번도 구렁이를 본 적이 없었다. 동네 형들은 간혹 본 적이 있다고 그랬는데, 정말일 것 같지 않았다. 원체 허풍쟁이들이었다. 오래된 집에만 들어가 터줏 대감처럼 산다는 구렁이. 길이도 엄청 길고 두께도 엄청 두껍고 백 살은 족히 산다는 그 뱀. 목수로 이름깨나 날린 증조할아버지가 지은 집에서 삼 대째 살아온 터라 우리집에도 한 마리쯤 들어와 있을 법한데 왜 나는 그걸 보지 못했을까. 어느 날 어머니한테 우리집에도 구렁이가 사냐고, 본 적 있느냐고 물어보았다. 아버지 제사상을 준비하던 어머니는 서둘러 내 입을 단속했다. 쉿, 그런 말 하는 거 아녀. 그걸 보면 봐도 못 본 척 피해주거나 지나갈 때까지 가만있어야 혀.

그해 겨울, 금광 아저씨가 동네를 떠났다. 그가 정확히 왜 마을에 들어왔는지 몰랐던 것처럼 떠난 이유도 우리는 잘 알지 못했다. 그저 그가 갑자기 떠났고 금빛으로 잠시 빛났던 빈집은 다시 원래의 어둠 속으로 돌아갔다는 정도가 분명할 뿐이었다. 그가 떠난 도랑에 흐르는 물은 예전처럼 그리 반짝거리지 않았다. 그동안 같이 놀아줘서 정이 들었는데 간다는 말 한마디 없이 가버렸다고 아이들이 돌을 차며 화를 냈다. 그중 한 아이가 내게 조심스럽게 말했다. 근디, 울 엄마가 그러는디, 그 아저씨가 니네 엄마 좋아했다는디…… 나는 나도 모르게 그 아이의 입술에 손가락을 갖다 댔다. 쉿, 그런 말 하는 거 아녀.

이듬해 봄, 마침내 나는 구렁이를 보았다. 어쩌다 내 눈에 띄었는지 모르겠다. 뒤꼍에 오줌 누러 갔다가 보았다. 구렁이에게 내가 들킨 것처럼 당황스러웠고 가슴이 쿵쿵 뛰었다. 뒤꼍에 떨어진 댓잎들 위로 부려진 몸을 스르르 밀며 나아가던 구렁이, 수십 년이 지난 지금까지도 여전히 내 생의 우물 밑바닥에 똬리를 틀고 있는 구렁이. 그것은 비밀을 눈치챈 자가 함부로 말해서는 안 될, 하지만 끝내 말하고 싶은 욕망의 은유다.

고향에 다녀올 때마다 두 손이 무겁다.

내 집으로 향하는 두 발도 함께 무겁다.

꽃길로 나아가소서

1934년 가을 당진에서 태어나
코스모스 뜯으며 운을 점쳤던 소년.
해방과 전쟁, 그러고도 삶은 계속되어
청년이었다가 아저씨였다가 노인이었다가
다시 소년으로 돌아가버린 사람.

2018년 1월 가장 추운 날
가장 따뜻한 곳을 찾아 떠났다.

언제나 눈에 밟혔던 팔십 년 전의 고향길.
이제야 가니 슬픔은 따르지 마라.
소년이 탄 꽃상여 나아가신다,
늙은 꽃들의 배웅 받으며.
다 뜯지 못한 코스모스,
저 길 끝에 아직 한창이다.

F8.0

사랑 장례식

|

민첩한 올빼미는 한번 숲으로 들어가면 잘 나올 줄을 몰랐다.
한 주가 지나고 한 달이 지나고 나서야 사냥꾼은
그 새를 잡아야 하는 운명에 자신이 포획되었다는 사실을 눈치챈다.
달아난 새가 자신을 거기에 묶어놓은 것이다.

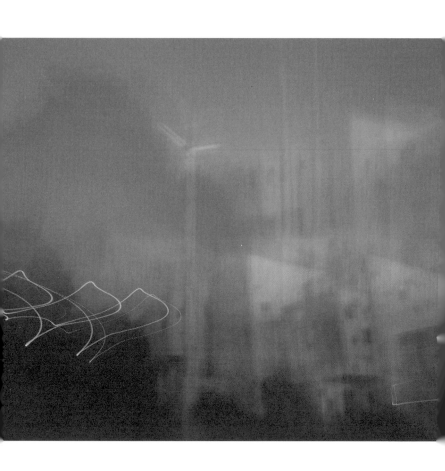

"다시 한번 헤어지자."

일 년 만에 다시 마주한 여진에게 그렇게 말했다. 짐작대로 여진의 쌍꺼풀진 눈이 휘둥그레졌다. 한 번만 만나달라 사정해서 기껏 나와줬더니 대체 뭔 개소리야, 그녀의 눈빛이 물었다. 카페 테이블에 저기압의 침묵이 내려앉았다. 유리창을 때리는 빗소리가 더 커졌다.

"뭐야, 우리 아직 사귀고 있었어?"

여진이 무슨 소리를 하는지 알 수 없다는 듯 팔짱을 끼며 물었다. 나는 아이스커피 잔을 들어 살짝 입술을 적셨다. 내 앞에 앉아 나를 딱하게 바라보고 있는 이 여자는 누구인가. 약간 돌출된 입, 발달한 광대뼈와 눈꺼풀에 살이 많아 고민이라며 부끄러워했지만 그때 여진에겐 싱그러운 아름다움이 있었다. 치렁치렁 긴 머리를 흩날리며 마른 몸매가 드러나는 옷을 입고 길을 걸을 때면 남자들이 한 번씩 돌아보곤 했다. 그때마다 그녀는 싱긋 웃으며 질투 받고 싶어하는 여자의 눈빛으로 나를 올려다보았었다.

그런데 내가 라면 냄비를 엎지르는 바람에 생긴 화상 자국은 그녀의 어느 쪽 허벅지에 있을까. 혈액형이 A형이었니 AB형이었니, 누가 먼저 프러포즈했는지조차 기물기 물했다. 못 본 사이 여진은 브래지어 사이즈를 조금 더 키운 듯했고, 확실히 쌍꺼풀 수술을 했으며 로봇 이빨 같은

치아 교정기를 달고 있었다. 최소 3단 변신 중이었다. 그래 선지 눈을 깜빡일 때마다 눈앞의 여진이 기억 속 그녀와 겹쳐 보였다. 낯설었지만 그럼에도 내가 일 년 만에 만나 다시 헤어져야 할 사람, 여진이 분명했다.

"만나서 꼭 할 말이라는 게 그거였어? 잊었나본데 우린 벌써 헤어진 사이야. 게다가 나 남친도 있다고. 말했잖아."

"그래, 알아. 그러니까, 다시 사귀자는 게 아니라 헤어지자고."

그녀가 피식 웃으며 말했다.

"그게 무슨 소리야. 근데 여기 커피 리필 되나?"

그녀는 주위를 두리번거리다가 후다닥 카운터에 가서 잔에 새 아이스커피를 담아 돌아왔다. 그러고는 도톰한 입술로 쪽쪽 빨대를 빨았다. 저 입술로 그녀는 내 입술을 핥았었다.

"얘기 들어볼래?"

내가 물었다.

"그래, 그러려고 나온 거니까. 어디 해봐."

처음 운을 떼기가 힘들었지 움츠려 있던 혀가 조금씩 풀리기 시작하자 그간의 이야기는 거의 자동적으로 흘러 나왔다. 처음에 새침한 표정으로 일관하던 그녀는 이야기 중간중간 얼굴을 찌푸렸고, 세 번 정도 리듬감 있게 혀로 입천장을 찼고, 설명이 조금 장황하다 싶은 부분에선 시선을 바닥에 떨어뜨리거나 스마트폰을 만지작거렸다. 고백성

사처럼 시작한 이야기는 정확히 한 시간 만에 끝이 났다. 표정이 굳어 있는 걸로 보아 '다시 헤어지자'는 내 말을 이해한 것 같긴 했다.

"그래서, 나랑 오늘 그걸 하고 싶다고?"

여진의 큰 목소리에 주위 사람들이 우리를 슬쩍 쳐다봤다.

"아, 아니. 조용히 좀 말해. 오늘 말고 이번주에 너 시간 될 때."

"너 미쳤구나? 요즘 납량특집 소설 쓰니? 나한테 이러지 마."

"받아들이기 힘들 거란 거 알아. 그런데 그게 꼭 날 위한 것만도 아니잖아."

"아 씨, 오늘 나오는 게 아니었는데. 난 잘살고 있거든? 정 하고 싶음 혼자 해. 너, 혼자 처리하는 거 잘했잖아. 제발 헤어진 사람에 대한 예의 좀 지켜."

"오죽하면 이러겠냐. 한 번만 도와줘. 평생 잊지 않을게."

"평생 잊지 않겠다고? 어디 잘못된 거야? 헤어질 때도 한번 매달리지 않던 사람이. 전혀 너답지 않잖아."

여진이 팔목에 감긴 갈색 스와치 시계를 보더니 테이블에 올려놓은 미니우산을 들고 일어났다. 그녀가 애석하다는 표정으로 한마디 덧붙였다.

"너무 꺼림칙해. 생각은 해보겠지만, 너무 기대하진 마."

나는 얼음이 녹아 미지근해진 아이스커피를 한입에 털어넣었다. 뭐든 때를 놓치면 이렇게 되는 걸까. 아무 맛도 느껴지지 않았다.

2

여자친구들과 헤어지는 게, 예전에는 한여름 장염 같았다. 이틀이나 사흘 정도 인생에 주어진 과제가 배설뿐인 그 속 시끄러운 시간을 견디고 나면 어느새 완치되는 그런 것 말이다. 생명의 놀라운 자연치유 능력에 경의를. 물론 나도 사람의 인연은 어떤 것이든 소중하다고 믿는다. 그러나 관계가 끝나버렸다면, 비유컨대 말라죽은 가지는 잘라내야 하고 불 꺼진 화로의 재는 빨리 비울수록 좋은 것이다. 슬픔의 독에 빠져 허우적거려봐야 피차 이로울 게 없다.

애써 무덤덤해지는 연습을 했다. 누가 시시한 농담을 하면 기꺼이 크게 웃어주었고 부러 술자리를 멀리했고 집에서는 쓰레기 분리수거를 철저히 했다. 그 사람의 그림자가 드리워질라치면 뭐 그냥 그런가보지, 라고 계속 되뇌었다. 롤랑 바르트라는 사람의 말마따나 관계가 끝남으로써 사랑해요, 라는 말은 이제 생명을 다했으니. 처음엔 반신반의했는데 그게 효과가 있었다. 몇 번의 연애를 끝낼 때마다 찾아왔던 급성 분리불안 상태의 지속 시간이 점점 더 짧아졌다. 그리하여 별 흥미도 없이 사귀었던 두 살 연상의 제2금융권 대출상담사 아가씨와 헤어진 다음날엔 며칠 입은 속옷을 빨래통에 던져버린 느낌이 들기도 했다.

그런데 일 년 전에 헤어진 이 여자, 여진은 설사로도 쓰레기 분리수거로도 잘 해결이 나질 않았다. 헤어진 지 일주일쯤 지났는데 똥을 싸면서도 여전히 그녀 생각을 하고 있는 나에게 화가 났다. 우리가 한 삼사 년쯤 사귀었을까? 아니다, 재작년 석가탄신일부터 그해 성탄절 무렵까지니 불과 일곱 달이다. 그보다 더 오래, 더 깊이 만난 여자들도 있지만 별다른 후유증이랄 건 없었다. 우리가 세기의 사랑을 한 것도 아닌데 왜?

가만 생각해보니 이유를 알 것 같기도 하다. 여진은 사귀는 동안 사랑이라는 말을 지독히도 내뱉었다. 심지어 일방적으로 이별 통보 할 때도 아직 날 사랑한다고 했다. 사랑, 사랑, 사랑, 사랑, 사랑, 사랑…… 어쩌면 그녀는 최면술사였을지 모른다. 내 인생에 할당된 사랑이라는 단어에, 그 단어를 발음해야 할 입술에 모조리 자기 립스틱을 발라놓고 사라진 사람. 그 때문일까. 어쩌다 소개팅이라도 생겨 나가면 여자들은 이렇게 말하곤 했다. "여자친구 있으시죠?"

그녀의 립스틱 자국은 처음 몇 주 동안은 이런 식으로 훼방을 놓더니, 두어 달 지나면서부터는 회사 생활에도 영

향을 끼쳤다.

나보다 열다섯 살 연상인 마 부장은 사십 대 중반의 노처녀였다. 그녀는 몇 년 전 러시아에 여행 갔을 때 우연히 처음 엽총의 방아쇠를 당겨본 경험을 수시로 팀원들에게 자랑하곤 했다. "이 세상에 있을 것 같지 않았던 나의 동지. 그런 거 알아요? 나와 동일한 의지를 지닌 어떤 강한 존재를 비로소 만난 느낌이었어요."

부장은 차가운 숨을 들이마실 때 같이 맡아지던 그날의 화약 냄새를 지금도 결코 잊을 수가 없다고 했다. 그 느낌이 그녀를 사냥 세계로 이끌었다. 인터넷 수렵 카페에 가입해 정모에도 꼬박꼬박 참석하는 그녀는 출판사 편집부장으로서 실력 좋은 악문 사냥꾼으로 정평이 나 있었고, 평생 결혼 따위 안중에도 없어 보였다.

인간적인 면모가 없진 않았다. 다른 사람과 똑같이 실수해도 유독 더 나를 많이 혼냈고 별것 아닌 일에도 트집잡기 일쑤였지만, 첫 직장 생활에 모든 것이 서툴렀던 내게 가끔 술을 사주면서 더 잘하라고 격려해주기도 했다. 나중에 슬쩍 귀띔하길 그게 다 나를 자신의 비서로 키우고 싶어서였단다. 회식 때면 부장 옆에, 선배들보다 상석에 앉아 술을 따랐다. 그 생활이 즐거웠던 건 아니지만 딱히 불쾌할 것도 없었다. 형식만 다를 뿐 다들 그렇게 살고 있었으니까. 나는 그럭저럭 괜찮은 회사 생활을 하고 있었다.

그런데 이제 부장의 눈빛은 바뀌었다. 기대가 아니라 책

망으로.

"초교 대체 언제 끝낼 거야? 요새 지각은 왜 이렇게 잦고, 그간 잘하더니 어째 신입보다 더 어리바리해졌어. 여기 첫 페이지부터 오자 안 보여? 삼가해주세요가 아니라 삼가주세요라고 고쳤어야지. 표지 시안은? 아마존 리뷰 번역은? 자꾸 께지럭께지럭할 거야? 일 그만하고 싶어? 아니면 그만하게 해줘?"

사막을 횡단하며 열사병 같은 사랑을 나누는 소설 속 두 주인공은 삼 년 차 편집자의 이런 사정에는 관심이 없어 보였다.

그즈음 나를 괴롭히는 것들 중 하나였던 이 소설의 주인공은 낙타 대상隊商을 이끄는 족장의 예쁜 딸과 벙어리 노예 청년이다. 희디흰 하늘과 메마른 갈증뿐인 사막에서 두 사람은 어릴 적부터 우정과 사랑을 키워왔다. 어여쁜 딸을 이집트 왕가에 시집보내고 싶었던 아버지는 어느 날, 발가벗고 엉켜 있는 두 사람을 발견하고 노예의 등에 칼을 꽂아넣는다. 그런데 끝이 아니다. 사랑은 계속된다. 노예의 영혼이 그녀 곁을 떠나지 않은 것이다. 노예는 그녀가 슬픔에 잠길 때마다 낙타로 전갈로 모래폭풍으로 매번 모습을 바꿔 야영지에 나타난다. 전라로 그를 받아들이는 딸을 보고 격분한 아버지는 수술사를 찾아가……

외서 기획자가 보내온 검토서의 줄거리를 읽고 모두가 경악하며 반대했다. 부장 혼자 이런 소설을 놓치면 안 된다고 판권계약을 서둘렀다. "이 세상에 있을 것 같지 않은 사랑. 그런 거 알아요? 여자라면 누구나 공감할 사랑의 판타지를 활자로 읽는 느낌이었어요. 계약합시다."

그렇게 계약된 소설은 나에게 배당되었다. 석 달 뒤 역자가 보내온 원고는 영 시원찮았다. 비문과 오문이 결탁해 이룬 악문의 숲에서, 족장의 딸과 노예의 사랑은 이따금 말이 되었고 대체로 언어도단이었다. 하긴 헤어질 때 여진도 그랬다. '헤어지자, 아직 널 사랑해.' 이게 말이 되는가.

오탈자. 그것은 눈 부릅뜨고 방아쇠를 당길 때마다 더 깊은 행간과 캄캄한 문맥의 숲으로 달아나버리는 올빼미의 다른 이름이었다. 민첩한 올빼미는 한번 숲으로 들어가면 잘 나올 줄을 몰랐다. 한 주가 지나고 한 달이 지나고 나서야 사냥꾼은 그 새를 잡아야 하는 운명에 자신이 포획되었다는 사실을 눈치챘다. 달아난 새가 자신을 거기에 묶어놓은 것이다.

3

아침을 깨우는 알람이, 출근을 명령하는 판사의 판결봉 소리처럼 들리는 날이 있다. 나는 보통 알람시계의 뒤통수를 두어 번 정도 더 후려친 다음에야 일어나곤 했는데, 어느 날 아침엔 그 십 분 남짓한 동안에 이런 꿈을 꾸었다. 아침부터 누가 현관문을 쾅쾅 두드리고 있었다. 잠에서 깨어 문구멍으로 밖을 내다보자, 낡은 검은색 코트를 걸친 한 무리의 여자들이 화가 난 표정으로 내 이름을 부르며 서 있었다. 두려워진 나는 숨을 곳을 찾다가, 그녀들이 현관문을 부수고 난입하는 사이 기지를 발휘해 벽을 파 들어가 숨는 데 성공했다. 그러자 허리춤에 권총과 수갑을 찬 그녀들은 벌건 눈의 쥐들을 불러모아 내 그림자를 찾아 갉아먹으라 지시했다. 곧 벽 속으로 쥐들의 멀건 잿빛이 엎질러진 물처럼 번져들고, 내 그림자의 소리 없는 비명이 찢어진 문풍지처럼 파르르 떨렸다. 나는 이번엔 사람들로 북적대는 거리로 도망쳤다. 그림자가 없으면 더 달아나기 쉬울 줄 알았는데 상황은 그렇지가 않았다. 그녀들은 그늘을 만들지 못하는 나를 너무도 쉽게 찾아냈고, 그다음엔 태양의 감시를 받으며 어딘가로 끌려가 패대기쳐졌는데, 거기가 바로 회사였다.

앞표지에 작가 이름이 틀리게 인쇄되어 제본된 책을 전량 폐기하기로 결정했을 때였다. 밤을 새워서라도 스티커를 붙여놓겠다는 내 제안을 부장은 간단히 무시해버렸다. 대신에 재인쇄비의 일부를 개인 부담 하라는 페널티가 주어졌다. 육 개월 할부로 갚겠다고 각서를 써서 제출했다. 그날 밤 농네 놀이터 시소에 앉아 술 마셔 기쁜 숨을 몰아쉬며 여진에게 발신제한표시로 전화를 했다. 남들에겐 흔하디흔한 주사일지 모르지만, 그전까지 나는 단 한 번도 헤어진 사람에게 이런 식으로 전화를 해본 적이 없었다. 저쪽에서 그녀가 잠기운에 취해 말하고 있었다.

"여보세요…… 여보세요…… 용희 씨?"

그러니까, 그러니까 말이다. 그녀가 차라리 명쾌하게 '널 더이상 사랑하지 않아. 그러니까 헤어져'라고 말해줬다면 얼마나 좋았을까. 그런데 그녀가 남긴 '헤어지자, 아직 널 사랑해'는 모순적이다. 이름만으로 성별을 파악할 수 없었던 용희는 또 얼마나 모호한가. 다시 그 문장을 보자. 비교적 짧은 문장이지만 그래도 네 개의 어절이 리듬감 있게 배치돼 있고, 여진의 깐깐한 성격상 단순 직역을 용납지 않아 보인다. 어휘의 검박함이 미학적 의도였을지는 모르지만, 읽는 이에게 어떠한 해석의 즐거움도 주지 못하고 있는 게 사실이다. 무엇보다 앙다문 어금니 같은 아직, 이라는 부사 하나가 길항 작용 하는 '헤어지자'와 '사랑해' 사이에 압정 박혀 있는데, 그 낯섦이 숨막힐 정도다. 아무래도 여진은 부사의 오용 없이 한마디로 자신의 뜻을 전달하는 기술을 나의 사냥꾼, 나의 편집부장에게 배울 필요가 있다.

팀 내 하반기 출간일정 회의가 있던 날이었다. 생각해보면 그날 팀원들의 표정은 여느 때와 달랐다. 그들은 아그리파 석고상의 심각한 표정처럼 굳은 얼굴로 앉아 있었다. 선배들의 보고가 끝나고 내 차례가 되자 나는 숨을 한 번 들이마시고 하반기에 출간할 원고 목록을 단 십오 초 만에 읽어버렸다. 부장이 안경을 추어올리며 헛기침을 했다.

"『사막의 연인』 후속작 검토서는 언제 보여줄 거야?"

"그 원고 아직 초교중이어서요. 다음주에 본문 수정 넘기고 해도 될까요?"

"그래, 그렇겠지…… 알았어. 그런데 말이야, 아까부터 무슨, 냄새, 안 나? 약간 구린내 같은."

"네? 아무 냄새 안 나는데요."

부장이 고개를 갸웃하더니 내 쪽에 대고 못생긴 코를 킁킁거렸다.

"아닌데. 우현 씨, 혹시나 해서 하는 말인데, 혹시…… 음…… 똥 쌌어?"

순간 팀원들이 죄다 나를 향해 인상을 찌푸렸다. 그중 누군가는 헉 하는 효과음까지 내주었으나 나만 잘못 알아들었다. '돈 썼냐'고?

"네? 무슨 말씀이신지……"

"입에 담기 좀 그렇지만, 우현 씨한테서 똥냄새가 난다고."

"아, 아닙니다. 저 똥 안 쌌습니다."

무슨 그런 험악한 농담을 하시느냐는 투로 내가 멋쩍게 웃으며 대답했다.

"아냐. 미안한데…… 내 코를 속일 순 없거든? 음, 가서 잠깐 확인하고 와줬음 좋겠어."

부장의 눈빛이 엽총 이야기를 할 때처럼 초롱초롱 빛났

다. 그녀 눈빛에 장전된 두 발의 총알이 나를 조준하고 있었다. 부장 손에 들린 총창 난 올빼미가 아른거렸다.

"……안 가겠습니다."

"아무래도 갔다 오는 게 좋겠어."

"안 가도 됩니다."

"갔다 와."

"아닙니다. 그건 아닌 것 같은데요."

"갔다 오라니까. 가서 확인하고 와줘. 이건 상사의 부탁이야."

부탁이라…… 부장은 위장술에도 일가견이 있는 모양이었다. 러시아에서 처음 그녀에게 사냥 기술을 알려줬다는 노련한 사냥꾼 블라디미르 씨의 탁월한 지도력이 원망스러웠다.

"안 가는 편을 택하겠습니다."

나는 허먼 멜빌의 소설 주인공 바틀비처럼 말했다.

"왜 못 가? 자 봐, 모두들 우현 씨가 화장실에 다녀오길 바라고 있잖아. 우현 씨도 원했던 거 아냐? 계속 속 불편하고 그랬던 거 아니냐고."

"아뇨, 안 가는 편을 택하겠습니다."

"부장님 말씀대로 해요, 뭐 어려운 일도 아니잖아요?"

그제야 어디로 줄서기를 해야 하는지 판단이 끝난 팀원들이 한마디씩 재잘거렸다. 다녀와라, 어려운 일 아니지 않느냐, 우릴 믿지 못하느냐, 비밀 보장해주겠다, 선배 더 큰 사태 나기 전에 얼른 다녀오는 게 좋겠다 등.

화장실에 안 가고 싶은데, 더욱이 이렇게 일어나면 안 되는 줄 알면서도 자꾸만 다녀오라고 등 떠미는 팀원들의 말에 정신이 멍멍해지더니 나도 모르게 뒤가 마려웠다. 내 몸이 나를 배반했다. 설사가 허벅지를 타고 발목까지 흘러내릴 것 같았다. 나는 부장의 조언에 따라 말없이 화장실로 걸었다. 회의실에서 누가 킥킥대는 소리가 환청처럼 들렸다.

도저히 얼굴을 들고 다닐 수가 없었다. 일주일 뒤 내 바람대로 사표는 조용히 수리되었다. 출근 마지막날 입사 동기인 다른 팀 편집자와 점심을 먹는데 그가 진짜 퇴사 이유가 뭐냐고 조심스레 물었다. 내가 대답했지만 그는 한번에 알아듣지 못했다. 은행에 취직이 된 거 같아요, 나는 심드렁하게 능쳤다. 아, 네. 워낙에 말수도 없고 숫스러운 친구였다. 그는 더 묻지 않았다.

4

카눈이라는 이름의 올여름 첫 태풍이 북상하고 있었다. 피는 피로써 갚는다는 알바니아이 관습법 카눈인가 싶었는데 인터넷으로 검색해보니 태국에서 자라는 바라밀이라는 열대과일의 이름이었다. 그럼 그렇지. 미치지 않고서야 그 누가 태풍에 피의 복수라는 무시무시한 이름을 붙일 수 있을까. 차라리 내 머릿속 태풍이라면 모를까. 마 부장처럼 사냥 한번 멋지게 하고 북해 어디쯤에서 장렬히 소멸한다면 그도 괜찮은 인생일 것 같았다. 하지만 다시 생각해보면 부질없는 짓이었다. 나의 사랑해요가 끝났듯이 출근해요도 이미 끝나버렸으니까.

저녁때 한반도 전역이 태풍의 직접 영향권에 들기 시작했다는 뉴스를 보고 나서부터 천둥 번개가 치고 비가 퍼부었다. 나는 스탠드만 켜놓고 이따금 하늘이 두 동강 날 듯 들려오는 천둥소리에 깜짝깜짝 놀라며『길가메시 서사시』를 읽고 있었다. 슬슬 배가 아파와 변기에 가 앉았는데 나오는 게 거의 없었다. 배배 꼬인 장이 투정 부리듯 꾸르륵 소리를 냈다. 그제야 하루종일 물 외에 아무것도 안 먹었다는 걸 깨달았다. 본색을 드러낸 허기가 먹을 것을 달라며 배 속을 긁어대기 시작했다. 집에는 먹을 만한 것이 없었다. 나는 일어나서 문으로 향했다. 아니나다를까 문앞에 치킨집 광고 전단지 하나가 붙어 있었다.

전단지를 떼어 와 책상에 내려놓고 교정지 보듯 꼼꼼히 한 줄짜리 메뉴 소개를 읽었다. 닭 한 마리로 만들 수 있는 요리가 열다섯 가지가 넘는다는 사실에 나는 적이 놀랐다. 양계장의 닭들도 알고 있을까, 자신들의 이 놀랍고 다양하고 기름진 사후세계에 관해서. 치킨집에 전화를 걸었다. 잠시 후 질질 끄는 말투로 보아 주인일 것 같은 남자가 약간 머뭇거리며 대답했다.

"어쩌죠…… 한 시간은 기다리셔야 할 것 같은데요. 이상하게 오늘 주문이…… 월드컵 때도 이러지 않았는데 말이죠."

태풍 카눈이 곧 당도한다고 전령들을 보내 난리법석을 떨어대는 동안 사람들은 집에서 그것밖에 할 일이 없다는 듯 열심히 닭 뼈를 발라내고 있나보았다. 어둠을 틈타 퍼붓는 저 폭우가 오래전 대홍수에 대한 인간의 본능적 공포를 자극했을지 모른다. 그러고 보니 작년 여름 태풍 때도 치킨 배달이 한참 늦었던 게 어렴풋이 떠올랐다. 배가 고프니 별게 다 기억나는 밤이었다. 그런데 정말 그랬었나.

"괜찮아요. 종일 아무것도 못 먹어서요. 늦게라도 꼭 갖다주세요."

이제 한 시간 동안 치킨을 기다리며 내가 할 수 있는 일은 허기를 깜빡하는 것, 그것뿐인 듯했다. 세상 끝 낯선 여인숙에 들어선 길가메시를 한쪽에 밀쳐두고 파일 공유 사이트에 접속했다. 본능적으로 성인 카테고리를 클릭했다. 제목만 봐도 솔깃한 파일들이 거기에 있었다. 선뜻 아무거나 클릭했다. 폭우 때문인지 인터넷은 제 속도를 내지 못했다. 다운로드 완료까지 십오 분 정도 남아 있었다.

다시 한번 천둥이 쳤다. 저녁 무렵에는 먼 북소리처럼 들리더니 이제는 지붕 위로 수백수천 개의 커다란 돌덩이가 굴러내리는 것 같았다. 그 깊고 묵중한 여운을 견디지 못하고 창문 새시가 바들바들 몸을 떨었다.

인터넷의 잡다한 뉴스를 읽으면서 담배 한 대를 피우는 사이 초인종이 울렸다. 한 시간 기다리라더니 벌써 배달을 왔나 싶어 달려가 문을 열었는데, 눈앞에 처음 보는 여자가 서 있었다.

영화 속에서라면 판초우의를 입은 청부살인업자나 그 비슷한 위협을 가할 인물을 예상했겠지만, 현실 속의 이 여자는 체구도 작았고 핏기 없는 얼굴이어서 외려 내게 도움을 청하러 온 사람처럼 보였다.

"누구……세요?"

내 말에 낯선 방문자의 눈빛이 갑자기 싸늘해졌다.

"그새 얼굴까지 잊으셨군요?"

여자의 입에서 삭은 맥주 냄새가 났다.

"네?"

"이사 갔으면 어쩌나 했는데. 들어가도 되죠? 비에 좀 젖었어요."

그녀는 내가 말릴 틈도 없이 나를 밀치고 들어와 신발장에 우산을 비스듬히 세워놓더니 현관에 빗물에 젖은 구두를 벗어 던졌다.

"이봐요, 대체 뭡니까? 신고하기 전에 얼른 나가요."

"방에서 담배 피우는 분인 줄 몰랐네요. 환기 좀 하시지."

나는 형광등 스위치를 켰다. 하얀색 프릴 블라우스에

청바지를 입은 여자가 나를 정면에서 바라보고 있었다. 암실 같았던 방이 환해지면서 비로소 그녀가 누군지, 누구였는지 현상되었다. 제2금융권 대출상담사 아가씨였다.

"아니, 저기요, 여긴 어떻게 오신 거예요?"

"연락 없이 찾아와서 미안해요. 전화로 얘기하면 왠지 안 만나줄 것 같아서……"

"네?"

"좀 떨리네요. 이거 좀 피워도 돼요?"

"아뇨, 안 돼요."

"놀라시는 거 이해해요. 그런데 술김에 여길 온 건 아니에요. 솔직히 그 정도 사이는 아니었잖아요, 우리가."

그녀가 재떨이에 걸쳐놓았던 담배를 입에 물고 의자에 앉아 말했다. 전에 담배를 피웠었나. 이 년 전에 그녀와 했던 한 달 동안의 연애는 휘발성 좋은 내 기억에 아로새겨지기에는 너무도 짧은 시간이었다. 이름이 생각나지 않아 나는 계속 저기요, 로 그녀를 불렀다.

"저기요, 이러지 말고 당장 나가주시죠. 헤어진 게 언젠데…… 이러는 거 아닙니다."

"금방 일어날 거예요. 먼저 물어볼 게 있는데…… 그때요, 왜 먼저 강원도 여행 가자고 해놓고 터미널에 안 나왔어요? 그뒤로 전화도 안 받고. 일부러 그런 거죠?"

내가 그랬었나. 청문회에 불려간 사람들이 습관처럼 내뱉는 '기억 안 납니다'가 내 입에서도 흘러나왔다.

"글쎄요, 오래전 일이라 기억이 나질 않네요. 아무튼 당장 나가요."

서로 다르게 기억된 이별. 오해가 있다. 나는 그저 그녀가 지루해서 그만 만나자고 말했을 뿐이다.

"그렇겠죠…… 괜찮아요, 그걸 따지러 온 건 아니니까. 아무렇지 않을 줄 알았어요. 실제로 한동안 그랬고요. 첫 연애라 그런지 당신을 많이 좋아했지만. 이것밖에 인연이 안 되나보다고 생각했어요. 과거에 집착하는 편은 아니거든요."

"저기요, 저한테 왜 이러세요? 지금 이게 집착 아니고 뭡니까? 정말 신고할까요?"

"그런데 올해 들어서면서부터 이상한 꿈을 꾸기 시작했어요. 남자아이가, 색동저고리를 입고 나타나서 막 우는 꿈이었어요. 나를 꼬집기도 하면서 자기 어떡할 거냐고 떼를 썼죠. 일주일에 두세 번씩 그렇게 꿈에서 욕을 먹고 꼬집히고, 우현 씨 블로그니 SNS에 들락거리게 되고. 정말이지 저는 과거에 집착하는 사람은 아니랍니다…… 일에 집중할 수도 없었어요. 결국 두 달 전에 은행 일 그만뒀어요."

"저기요, 이성을 찾으세요. 제발 헤어진 사람에 대한 예의를 지키시라고요. 저는 지금 간절히 기다리는 사람이 있어요. 그 사람 곧 와요. 괜히 망신당하기 전에 얼른 돌아가세요."

그러나 제2금융권 대출상담사였던 여자는 내 말에 아랑곳하지 않고 할말을 계속했다.

"저번에 TV 프롤 하나 다운받아 봤는데요. 〈눈물의 비밀〉이라고, 울음치료에 대한 거였어요. 비틀스 리더도 그 치료를 받았다던데, 그런 거 들어봤어요? 사람들이 강원도에 있는 피라미드 산장에 모여서 슬픈 음악 틀어놓고 우는데, 진짜 대성통곡을 하더군요. 그러곤 탈진한 채로 쓰러져 잠들고. 거기 참가자가 나중에 이런 말을 했어요. 잠들었을 때 아주 아주 슬펐다가 또 아주 아주 행복해 그런 꿈을 꿨다고."

빗속을 뚫고 찾아와 TV 프로 얘기나 하고 있다니. 미안하지만 역시 제정신 같지 않았다.

"저기요……"

"전주의 한 무당집도 나와요. 얼굴이 모자이크 처리 된 한 남자가 희미한 촛불 밑에서 조용히 울고 있었어요. 무릎 꿇고 흐느끼는 모습이 조금 섬뜩했죠. 한참을 그러고 있다가 남자가 일어나 절을 하는데, 누구한테 그 절을 한 줄 아세요? 위패라고 하나요? 그 나뭇조각 같은 거요. 거기엔 사랑 애, 한 글자만 쓰여 있었어요. 그 남자가 미안하다고, 정밀 미안하다고 계속 중얼거리는데 무섭기도 하고 짠하기도 하더라고요."

"이보세요……"

"그다음에 무당이 나와서 말하는데, 사랑 씻김굿이라

는 게 있대요. 세상 만물에 넋이 있고 혼이 깃들어 있다는 거예요. 아까 말한 그 남자도 오 년 전에 죽은 사랑 넋이라는 걸 잘 보내주러 온 거였대요. 그때 죽은 사랑 넋이 세상 떠돌다 돌아와 붙었다고. 우현 씨, 잘 안 믿기죠?"

"그걸 지금 말이라고 해요?"

"저도 첨엔 그랬어요. 근데 죽어서 위로받지 못하면 사랑도, 가야 할 데 못 찾고 방황하다가 원혼이 되어 반드시 자기한테 돌아온대요. 그러니 달래주고 같이 울어줘야 하고, 그러고 나면 서로가 편안해진다고……"

나는 더 참지 못하고 소리를 질렀다.

"저기요, 미친 거예요? 당신이 지금 그 원혼 아니고 뭐예요?"

"맞아요. 저한테도 그 사랑 넋이 붙었대요. 저번 주에 방송국에 문의해서 그 무당집엘 찾아갔었거든요. 우현 씨 생각도 나고 너무 힘들어서 혹시나 했는데…… 다른 무당들은 그런 걸 잡귀로 치부한대요. 근데 그 무당은 불쌍하고 불쌍한 사랑 넋을 그리 쫓아내면 안 된다고, 처음엔 좋다고 만들어놓고, 헤어질 땐 자기들 편한 대로 어물쩍 내팽개쳐버리면……"

당장에 포털사이트에서 귀신 들린 여자 쫓아내는 법을 검색하고 싶었지만, 책상 앞에 그녀가 딱 버티고 앉아 있어서 어떻게 할 수가 없었다.

"저기요, 그래서, 원하는 게 뭐예요? 이 밤에 푸닥거리라도 하자는 겁니까?"

"아뇨, 그보다 훨씬 더 간단해요. 같이 울어주세요, 저랑 같이요. 그거면 돼요."

5

내가 화분삽으로 작은 구덩이를 파는 동안, 여진은 옆에서 계속 투덜거렸다.

"아무리 생각해도 이상해. 그 여자도, 너도. 그깟 불법 다운로드한 동영상 하나 보고 이런 시추에이션이라니. 하여간 귀 얇은 것들은……"

"그 여자 돌아갈 때 표정을 못 봐서 그래. 해탈의 미소라고 해야 하나. 되게 평온해 보였어. 부럽기까지 했다니까."

"해달의 미소 좋아하네. 왜, 치킨 먹고서 같이 자지 그랬어?"

"우린 키스만 몇 번 했던 사이였어. 그래선지 눈물이 잘 안 나오더라고. 고심 끝에 그 여자 몰래 눈에 침 발라놓고 울었다고 뻥쳤지. 그랬더니 믿고 안심하더라."

"정말 그런 게 있다고 믿는 거야?"

"세상에 사람 죽어 생긴 몽달귀신, 처녀귀신만 무서운 줄 알았는데, 사람 마음이 만들어낸 귀신은 훨씬 더 무서

다더라."

"그 여자가 그러든? 난 네가 너무 불쌍해서 나와준 거니까 그런 줄 알아. 내 남친이 이 사실을 알면 게거품 물텐데. 그러니 너도 꼭 비밀 지켜. ……어? 너무 깊은 거 같은데. 날 여기다 암매장할 생각인 건 아니지?"

"진짜 확 묻어버릴까보다. 조용히 좀 해봐."

인터넷으로 알아낸 파주의 한 작은 공동묘지에서, 우리는 묘지 관리인이 저녁식사를 하는 삼십 분 동안 사랑 장례식을 치러야 했다. 묘역에 CCTV가 몇 대 설치돼 있긴 했지만, 이틀 전에 와서 샅샅이 조사한 바로는 주로 입구 쪽과 차가 다니는 길에 몰려 있었다. 그날 내가 점찍어둔 이곳은 무덤들과 비교적 외떨어져 있는데다, 앞쪽 무덤가에 측백나무 몇 그루도 심어져 있어 관리인의 감시로부터 좋은 은폐물이 될 수 있을 것 같았다. 관리가 허술해 보여도 방심할 수는 없었다. 반전은 언제나 예기치 않게 찾아오니까. 여진이 가방을 내려놓고 주변을 둘러보며 말했다.

"참 이상해. 경치 좋은 곳은 다 묘지야. 너 진짜 알아야 돼. 다른 여자들 같으면 이런 상황에서 다들 개무시할걸. 난 네가 너무 불쌍해서 나와준 거야."

그녀가 다시 한번 강조했다.

"내가 말했던 건 다 가져왔어?"

"가져오긴 했는데 버리거나 태워버려서 얼마 없어. 그나마 버리기 아까운 거, 네가 아니라 나를 위해 보관하고 있는 것들."

"그래. 여기에 다 꺼내봐. 나도 챙겨왔어."

나는 가방에서 그녀가 내게 썼던 편지며 함께 찍은 사진들을 꺼내 잔디밭에 놓았다. 여진이 조금 놀라는 것 같았다. 나는 그것들을 하나도 버리지 않고 있었던 것이다. 굳이 추억으로 간직하려는 건 아니었는데 왜 그랬을까. 여진이 묻는다면 그냥이라고밖에 대답할 수 없다. 사실이 그랬으니까.

이제 호주머니에서 조사弔辭를 꺼내 읽을 차례였다.

"그게 뭐야?"

"들어봐. 내가 쓴 조사야. 송우현과 서여진의 연애, 2016년 5월 21일에 나서, 2016년 12월 27일에 가니, 우리들의 슬픔은 네 생애보다 길다, 무슨 말을 더 하랴, 울다, 그저 울다."

"그저 울다…… 짠하네. 근데 우리 꼭 연극하는 거 같지 않아?"

"너도 한마디해."

"……됐어, 난 할말 없어."

구덩이를 다 팠다. 어느덧 강 저편으로 해가 이울고 있었다. 나는 사랑의 외투에서 털어져 나온 그것들을 신속하게 구덩이에 몰아넣었다. 시신을 묻는 건 아니지만 어쨌든 불법 매장이었다. 이렇게 하는 게 좋은 방법인지에 대해 확신은 없었다. 하지만 기왕이면 제대로 장례식 느낌을

내고 싶었다. 외국에서는 동물묘지에 개, 고양이도 묻어준
다는데, 사람 묻는 땅에 사랑 하나 묻는 게 뭐 그리 큰 문
제랴 싶기도 했다. 이렇게 하면 돼? 하며 어렵지도 않은
일을 물어가며 여진이 나를 도왔다. 그때 구덩이 속에서
눈에 익은 금속이 하나 보였다. 나는 그것을 조심스레 꺼
내들었다.

"저거 아직 갖고 있었어? 그때 어디였더라, 보성에서 녹
차밭에다 던져버렸잖아."

"그랬었지. 그때 너 먼저 내려가고 내가 뒤따라갔잖아.
그거 찾느라 혼났어. 매일 밤 내 머리맡을 지키던 건데 어
떻게 버리니? 이거 너랑은 상관없는 물건이야."

백일 기념으로 선물했던 에디트 피아프의 〈사랑의 찬가〉
오르골이었다. 순간 가슴이 먹먹해졌다. 하지만 감동하고
있을 겨를이 없었다. 저것도 묻어야 한다. 그래도 이 순간
에 딱 한 번만 다시 들어보면 안 될까. 안 된다. 빨리 묻어
야 한다. 우리는 지난날의 감회에 젖기 위해서 만난 게 아
니까.

"이제 흙으로 덮자. 자, 넌 이 화분삽으로 해."

글자의 초성이 지나치게 앞으로 쏠려 있는 그녀의 편지
위에 흙이 떨어졌다. 내 정자체 글씨 위에도 흙이 떨어졌다.

여진은 화분삽으로, 나는 맨손으로 사랑의 옷들을 매
장하고 있었다. 사랑은 저 옷들을 입고 우리를 다녀간 것
이다. 그다음엔 흙더미가 한순간에 사진 속 웃고 있는 그

녀의 얼굴을, 내 얼굴을 삼켰다.

얼마 안 되는 연애 기간이었지만 우리는 결혼 애기를 나눌 정도로 관계의 거리가 좁혀졌었다. 늙어서 죽을 때 꼭 같이 묻히자고, 천 년 전에 유행한 순장의 꿈을 함께 꾸기도 했다. 이 순간에 눈물을 보일 줄 알았는데 여진은 의외로 담담해 보였다.

"그나저나 왜 아무것도 안 버리고 있었어? 설마 오늘을 기다리고 있었던 거야?"

"아냐, 이런 게 남아 있는 줄 몰랐어. 나도 놀랐다니까. 진짜야."

"그게 아니지. 사실대로 말해, 나하고 다시 시작해보려고 수작 부리는 거지?"

"네버, 네버. 그만하자."

매장이 끝났다. 이제 누구라도 먼저 곡소리를 내야 했다.

"여진아, 내가 가만 생각해봤는데, 너랑 보낸 칠 개월을 떠올려보면 웃거나 화낸 일밖에 없더라. 가끔 각자 슬퍼했을지도 모르지만. 그래서 이번엔 한 번쯤 너랑 같이 울어보고 싶어. 처음이자 마지막이겠지. 그래야 서로를 미워하지 않고 그리워하지도 않고 잘 잊을 수 있을 것 같아. 상처가 남아 있다면 치유가 될지도 모르겠고."

"나 미워했어?"

"당연한 거 아냐?"

"저번에 네가 다시 헤어지자고 한 말, 집에 가서 곰곰이 생각해봤어. 네 애기 들으니까 그동안 참 안됐다 싶지만, 나는 뭐 마냥 좋았는 줄 아니? 담배 있어?"

"끊는다더니 아직이구나?"

"끊었어. 기분이 갑자기 이상해져서 한 대 피우고 싶어져서 그래. 없어?"

나는 담배에 불을 붙이고 불씨가 꺼지지 않게 한 번 빨아들인 후 그녀에게 건넸다.

"아직도 내가 갑자기 헤어지자고 했다고 생각해? 나는 만날 때마다 수십 번, 아니 수백 번 너한테 신호를 보냈어. 어느 날 그걸 깨달았지. 넌 평생 내 어떤 신호도 못 알아챌 사람이란 걸. 좀 일방적이고 갑작스러웠겠지만, 그렇게 하지 않으면 어떻게 헤어져? 너도 한번 매달리지 않는 걸 보고 여기까지가 끝인가보오 했지. 아무튼 그렇게 너랑 헤어지고 나서 몇 달 후에 남자를 만났어. 아는 언니가 소개해줬는데 첫인상이 곱상하니 나쁘지 않았지……"

"그런 얘긴 안 해도 돼. 우리는 우리 사랑의 장례식장에 와 있는 거라고."

"아니, 나도 저번에 네 긴 얘기 다 들어줬으니까 이번엔 네가 들을 차례야."

여진이 담배 연기를 크게 들이마시고 내뿜었다. 나는 시간을 확인했다. 지금쯤 관리인은 저녁식사를 거의 마쳤을 것이다. 입가심으로 커피 한잔 하고 있는지도 몰랐다.

"그래서 그 남자랑 잤니?"

"못 잤어. 티에스였거든."

"그게 뭔데?"

"트랜스섹슈얼. 여자에서 남자가 됐는데, 여자를 좋아해. 당연한 건가? 모텔 침대에 누웠는데 고백하더라고. 섬뜩하더라. 당장에 아는 언니한테 전화해서 따졌더니 글쎄, 자기도 몰랐대. 그 남잔 그후로도 나한테 계속 메시지 보내오고. 인간적으로 반했대나봐. 그래서 호기심에 한번 더 만나봤는데, 웬걸 나하고 되게 잘 맞는 거야. 대화도 잘 통하고. 그래서 나는 친구로만 지냈으면 하는데 괜찮냐고 물으니까 알겠대. 그러면서 마음 받아줄 때까지 기다리겠대."

"그럼 아까 말한 남친이 티에스? 혹시 용희 씨?"

"너 그 사람 이름 어떻게 알아? 말한 적 없는 것 같은데."

"아, 아까 버스에서 너 전화할 때 들은 것 같아서. 아니야? 아무튼 그럼 이제……"

"그랬나? 걔를 좋아해서 그런가, 귀가 밝군. 나 네가 편집한 책들, 서점에서 가끔 찾아봤어. 산 것도 있고. 너한테 미련이 남아서 그런 건 결코 아니었어. 읽다가 오자도 몇 개 찾아냈는데 이걸 문자로 얘기해줄까 말까 고민할 때도 있었지. 하지만 좋은 내용이 아니니까 보내봐야 서로 기분만 안 좋아지겠더라고."

"그래, 알았어. 그러니까 지금부턴……"

"사귈 때는 몰랐는데, 헤어지고 나니까 너랑 생일이 똑같은 게 참 불편하더라. 생일 같이 보낸 게 딱 한 번이었는데, 그 기억이 오래가더라고. 특별히 좋지도 않았는데 말이지. 어쩌다보니 내 생일이 널 떠올리는 날이 돼버렸어. 근데 너, 진짜 나랑 생일 같은 거 확실해?"

"맞아, 맞다고. 이제 그런 얘긴 그만하고 울자. 울어야 돼, 우리 지금. 시간이 없어."

"눈물이 안 나…… 눈물이 안 나는 걸 어떡하라고, 이 바보 새끼야. 헤어진 게 언젠데, 이제 와서 사랑 장례식이라니. 이런 미친 짓이 어딨어……"

그때 나는 보았다. 여진의 눈가에 촉촉이 번져오는 슬픔의 물방울무늬를. 그 무늬의 농도가 짙어질수록 그녀의 눈은 작아져갔고, 이윽고 달팽이의 점액질 같은 끈적끈적함을 이기지 못하고 끝내 붙어버렸다. 내 앞에서 그녀가 어린아이처럼 훌쩍였다. 일 년 만에 처음으로, 일 년 만에 마지막으로. 그리고 울음은 전염성이 강하다. 한 아이가 울면 다른 아이는 이유도 없이 따라 운다.

"거기, 뭐하는 거야!"

관리인이었다. 여유 있게 커피 한잔 하고 있을 줄 알았던 그가 호각을 불며 소리치고 있었다. 그가 두 팔을 허위허위 내저으며 이쪽으로 뛰었고, 우리는 엉거주춤 일어섰다. 이제 여기에 술 한 잔만 부어주면 끝인데, 우리 사랑의 장례식이 끝나는데……

호각 소리로 망령들의 깊은 잠을 다 깨운 그는, 거리가 가까워지자 손에 쥔 광량 좋은 랜턴으로 우리를 겨냥했다. 나는 얼빠진 표정으로 서 있던 여진의 손을 빠르게 낚아챘다. 출렁출렁 박명의 땅이 흔들리기 시작했다. 그녀의 뜨거운 손이 땀으로 금세 축축해졌다. 웃자란 풀들이 종아리를 물어버리겠다는 듯 우리가 입은 반바지 아래로 맹렬히 달려들었다. 살갗이 아렸지만 견딜 만했다.

　뒤쫓는 랜턴 불빛이 방금 묻고 온 사랑 넋의 도깨비불인 것만 같았다. 구두 한 짝이 벗겨진 줄도 모르고, 나는 여진의 손을 잡고 저 아래 출구 쪽으로 내달렸다.

두
사
람

그때 거기에 두 사람이 있었고

이제 거기에 두 사람이 있지 않다 할지라도.

당신의 편지를 꺼내 읽던 새벽이었어요. 낮에 스친 목련이 생각나 길을 나섰답니다. 분명 여기 어디쯤이었는데, 여기서 꽃을 보았는데. 나뭇가지 위에는 흰 새들만 옹기종기 모여 있었어요.

나는 새들 쪽으로 좀더 다가갔어요. 새들이 내 발소리에 놀라 날아가버릴까 조마조마했어요. 할 수만 있다면 가볍게 정말 가볍게 날아오르고 싶었어요.

그다음 일은 뭐라 설명할 수 없어요. 발뒤꿈치를 몇 번 올렸을 뿐인데 땅이 느껴지지 않았어요. 손에 든 카메라의 무게조차 느껴지지 않았어요. 걱정과 불안이 발끝으로 떨어져나가 나는 어느새 공기처럼 가벼워져 있었답니다.

흰 새들은 친근하게 굴었어요. 오래전부터 잘 알던 사이처럼. 우리는 봄밤의 향내에 취해 마구 헝클어졌답니다. 나는 그중 몇 마리의 손바닥을 펼쳐 손금을 보아주기도 했어요. '너희들은 꼭 목련 같구나.' 짧은 생명선이 눈에 띄었지만 그걸 말해줄 순 없었어요.

내 옆에서 봄을 살다 간 당신의 이름도 목련이었지요 아마.

어느 날 밤 나는 한쪽 눈으로 걷는다.

한쪽 눈으로 봐도 흐릿하고
감긴 눈으로 봐도 깜깜한
그림자들 일별하러 걷는다.

운 좋게 두 눈이 마주쳤다 해도
우리에겐 적당한 거리가 필요하다.
'사랑하는 그대에게 너무 가까이 다가가지 말 것.'

한쪽 눈은 사이를 응시하는 눈,
깊이를 재는 눈, 한 발 뒤로 물러서는 눈.

그 눈은 두 눈이 보지 못하는 것을 본다.

있을 땐 있음을 보고
없을 땐 없음을 본다.

그토록 익숙했던 것이

한순간 아득해지기까지

우리는 얼마나 많은 밤을 뒤척였을까.

어떤 기도문

당기듯 밀어내게 하소서.

닿을 듯 멀어지게 하소서.

반가운 듯 돌아서게 하소서.

마중하듯 배웅하게 하소서.

설레듯 슬퍼하게 하소서.

저
의
자

저 의자를 박차고 달려간 이를 생각한다.

파랑 망망한 힘과 겨루어보겠다며 추어올린

한 사람의 새파란 의지를 생각한다.

그것이면 되었지요

이국의 저녁빛에

나, 무심히 스러지고 싶었지요.

아무도 태어나지 않고

누구도 죽지 않을 것 같았던

거기 적멸의 시간 어디쯤.

그러나 거기 어디쯤 이제 멀지요.

멀리 흘러 아예 아득하지요.

흘러 어느 날의 퇴근길

찬 속 데우는 뜨끈한 오뎅국물로만

겨우 살아 돌아올 뿐이지요.

그 저녁, 더 그리워할 것 있나요.

그것으로 되었지요.

그것이면 되었지요.

맹인 악사

베이징 저녁 거리.
감은 눈의 악사는
사람들의 리드미컬한 발길에 맞춰
홀로 활을 켜고 있었다.

어둡되 참담하지 않고
슬프되 절망하지 않기를.

모래의 여자였다.

게슴츠레 눈뜨며 빛의 세계로 걸어오고 있었다.

손바닥에 맑은 물 받아다

두 눈 먼저 적셔주고 싶었다.

이 세계에선 누구나 적정량의 눈물이 필요하니까.

환상의 빛

소멸에 참배하고 싶은 저녁이었다.

나는 아픈 몸을 이끌고 저수지에 나갔다.

거기서 사그라지는 빛을 묵묵히 바라보았다.

아버지의 삼십 주기 기억일이었다.

추념은 간단히 예를 갖추는 것으로 마무리되었다.

고작 십삼 년을 함께 산 남편을 삼십 년째 기억하는 어머니.

그가 이곳에 없다는 것을 정말로 깨닫기 위해

어머니는 일 년에 한 번 식솔들을 불러모아

그 부재를 확인하는지도 모른다.

삼십 년 전에 아버지가 이 저녁 길을 마지막으로 걸었다.

나를 데리고 걸었다고 그의 일기장에 쓰여 있다.

여덟 살이었던 나는 그날을 기억하지 못한다.

집에서 꽤 떨어진 여기까지 와서

그는 무엇을 보았던 것일까.

그의 뺨을 발갛게 물들였을 저녁의 빛.

그것은 아득하고 몽롱하고 강렬했을까.

소멸하기 전 그가 대체 어떤 빛에 넋을 앗겼던 건지

어머니도 나도 그 누구도 답을 알지 못한다.

고레에다 히로카즈 감독의 영화 〈환상의 빛〉을 보았을 때

나는 어떤 답답함에 눌려 꼼짝도 할 수 없었다.

그때도 몰랐고 지금도 모르고

앞으로도 영원히 알 수 없는 것.

질문만 있고 답은 존재하지 않는 것.

그러나 세상에는 그런 게 있다.

무력할지라도 받아들일 수밖에 없는.

그럼으로써 비로소 질문으로부터 벗어나는.

저 숲에

누가 있다

저 숲에 누가 있다.

어둠을 찢고 훌쩍 날아올라

나를 데리러 올

커다랗고

밝고

순한

짐승 하나가.

이따금 소금 먹은
안개가 혀에 닿았다

갯가를 걸었다.

이따금 소금 먹은 안개가 혀에 닿았다.

주렁주렁 매달린 이슬을 맞닥뜨릴

거미의 아침을 예감했다.

보트 댈 데가 안 보인다고 저쪽에서 소리치자

이쪽에서 놀리듯 받아쳤다.

물살은 순하게 썰물이었다.

가만가만 뭍이 드러났다.

적막하다 거기,

마침내 흰빛이 되어 스러진 자리.

나 기꺼이 바스러지리라.

내일이면 다른 존재가 된다.

한 사내가 빗자루 움켜쥐고

하얘진 시간을 쓸어내는 저녁.

에필로그

용케 여태까지 무사히 지내왔다. 그럭저럭 어쨌든 무사히 지내왔다. 새까맣게 그을린 기억의 화전火田, 거기 어디쯤 에 새살이 돋듯이.

어느 종말론에 의하면 지구는 이미 생을 다했다. 엊그제 떠나온 지구는 이제 보이지도 않는다. 무중력으로 딛는 땅은 발아래 허공이다. 거처에 이를 때까지 우주는 내내 밤이다. 어딘가 살 만한 새 세상이 있으리란 믿음으로 나 는 다른 별을 찾아 걷는다. 그래서 그 밤은 이상하다. 그 래서 그 밤은 거룩하다.

처음부터

없었던 것처럼

사랑과 상실에 관한 포토 에피그램

초판 1쇄 인쇄 2018년 5월 31일
초판 1쇄 발행 2018년 6월 11일

지은이	헤르츠티어
펴낸이	염현숙
편집인	신정민
편집	최연희
디자인	이현정
모니터	이희연
마케팅	정민호 방미연 한민아 최원석
홍보	김희숙 김상만 이천희
제작	강신은 김동욱 임현식
제작처	예림인쇄 중앙제책
펴낸곳	(주)문학동네
출판등록	2014년 7월 6일 제406-2014-000064호
임프린트	싱긋
주소	10881 경기도 파주시 회동길 210
전자우편	paper@munhak.com | **팩스** 031-955-8855
문의전화	031-955-8889(마케팅) 031-955-3583(편집)
ISBN	978-89-546-5174-5 03810